옛사람들의 처신과
글을 통해 배우는
삶의 지혜와 교훈

송재용(宋宰鏞)

박문사

차례

서문

　이 책은 필자가 예전에 단국대 병원과 교양도서에 게재했던 글 등을 모아 엮은 책이다, 그동안 원고들이 어디에 있는지 잊어먹고 방치했었는데(원래부터 출판 의도도 없었음), 2021년 8월 정년(2022년 2월 28일)을 1학기 남겨두고 연구실과 컴퓨터를 정리하는 과정에서 우연히 발견하였다. 그래서 정년을 핑계로 만용을 부려 대중적인 교양서를 발간하려는 의도로, 수정 보완과 함께 추가로 반 정도의 분량을 새로 써서 출판하게 되었다. 정년이 얼마 남지 않아 처음에는 달관·해탈(?)의 경지까지 도달한 것 같더니 갑자기 자꾸 사심이 생겨 일(?)을 저지르고 말았다. 정년 하고 나서 사욕을 버리고 처사(處士)·한사(寒士)로서 안빈낙도(安貧樂道)·안분지족(安分知足)의 삶을 살겠으니 너그럽게 혜량해주기 바란다.

　1부는 우리 선인들 중에서 선별하여 그분들의 처신이나 삶을 통해 지혜와 교훈을 독자들이 자각하고 배웠으면 하는 마음에서 엮었다.

2부는 우리 옛사람들의 글 중에서 단편 일부를 취해 이를 통해 독자들이 삶의 지혜와 교훈을 배웠으면 하는 마음에서 엮었다.

3부는 한국 고전들 가운데 필자 나름의 판단과 기준으로 선정한 고전 명저들의 해제를 통해 그 향기를 독자들이 느끼기 바라는 마음에서 엮었다.

글의 게재 순서는 작자들의 출생연도 순으로 하였다. 단, 송덕봉과 빙허각 이씨는 여성이라 별도로 제일 뒤에 수록하였다.

사족이지만 불편한 몸(허리 디스크와 허리·다리·목·어깨 통증)으로 고통을 참고 고생하며 책을 쓰면서, 너무 아파 앞으로 책을 쓰는 것이 어려울 것 같다고 생각했다.

어쨌든 이 책은 다소 두서가 없을지는 몰라도 그럼에도 불구하고 독자들이 일독 한다면 나름의 느낌과 울림, 그리고 의미가 있으리라 본다.

끝으로 출판을 흔쾌히 수락해 준 도서출판 박문사 사장님과 관계자 여러분에게도 감사의 마음을 전한다.

2021년 9월

죽전캠퍼스 연구실에서 청호(靑澔) 송재용 씀

Ⅰ

———

우리 선인(先人)들의 처신을 통해 배우는
삶의 지혜와 교훈

1. 청백리(淸白吏)의 표상 맹사성

요즈음 신문이나 TV 등 매스컴을 통해 공무원들이 뇌물수뢰죄로 구속당했다는 소식을 자주 접하게 된다. 특히 일부 고위공직자나 자치단체장까지도 이 같은 짓을 서슴지 않고 있으니 참으로 문제가 아닐 수 없다. 국민의 공복으로서 모범을 보여야 할 사람들이 본분을 망각하고 이런 짓을 한다는 것은 도저히 용서할 수 없다. 이 때문인지는 몰라도 정부에서 공무원들의 기강을 확립하고 비리를 척결하기 위해 암행감찰반을 운영하고 있는 것으로 안다. 부정부패를 발본색원 한다는 측면에서는 사뭇 기대가 된다. 그러나 한편으로는 어쩌다가 이 지경에까지 이르렀는가하는 자괴감이 들기도 한다. 공직자들은 모름지기 반성할 필요가 있다.

『명심보감(明心寶鑑)』에 보면 '정사의 요체는 공정함과 청렴함에 있다'는 구절이 있다. 공직자들은 이 말을 가슴 깊이 새겨야 할 것이다. '청백리 똥구멍은 송곳 부리 같다'는 말이 있다. 관리가 청렴결백한 까닭에 지극히 가난하다는 뜻으로 쓰인 말이다. 이와 관련하여 청백리의 표상으로 추앙받고 있는 맹사성을 소개하려고 한다. 맹사성은 세종(世宗) 때의 명재상이자, 청백리의 대표적인 인물이다.

관리들에게 귀감이 되는 맹사성의 청백리 일화는 많다. 지면

관계상 그 중 두 가지만 소개한다.

맹사성이 우의정으로 있을 때의 일이다. 하루는 국사를 의논하기 위해 병조판서가 맹사성의 작고 허술한 집으로 찾아 왔다. 그런데 7월 장마철이라 갑자기 소낙비가 억수같이 내렸다. 맹사성의 집은 비가 새어 가구 등 세간이 모두 물에 젖었고, 두 사람은 삿갓을 쓰고 앉아 대화를 했다. 소낙비가 멎자 병조판서는 즉시 맹사성의 집을 나섰다. 그리고 귀가한 병조판서는 말하기를 '우의정은 일국의 재상인데 비가 새는 집에 살다니' 하고 맹사성의 청백리 정신에 감탄하여 자기 집 행랑채를 부수고 행랑들 모두를 내어 보냈다고 한다. 또 하나의 일화는 다음과 같다.

맹사성은 효성이 지극하여 자주 온양으로 아버지를 근친(覲親)하러 갔는데, 그때마다 하인 하나만 데리고 소를 타고 왕래하였다. 왕래할 때마다 초라한 옷차림이었기에 시골 촌로와 같았다. 그리고 지방관에게 폐를 끼칠까봐 자신의 신분을 모르게 하고 다녔다. 그런데 어느 날 양성(陽城)과 진위(振威) 두 현감이 맹사성이 근친하러 온양에 내려온다는 말을 듣고, 온양 가는 길 도중에 있는 연못가 정자나무 밑에서 맹정승을 기다리고 있었다. 융숭하게 대접하여 승진이나 해볼까 하는 속셈 때문이었다. 이때 맹사성은 하인과 같이 현감들이 있는 앞으로 검은 소를 타고 어슬렁어슬렁 가고 있었다. 이를 본 현감들은 못마땅하게 여겨 하인들을 불러 맹사성 일행을 무례하고 거만하다며 꾸짖게 하였다. 현감이 보낸 하인의 말을 다 들은 맹사성은 그 하인에게 '내 소 타고 내 마음대로 가는데 무슨 상관인가, 나를 알고 싶거든 온양 사는 맹고불(孟古佛)이라고 가서 현감에게 여쭈어라?' 하고 말하면서 유유자적하며 갔다. 이 말을 하인으로부터 들은 두 현감은 노인이 맹사성인 것을 알아차리고 혼비백산하여 도망가다 허리띠에 차고 있던 관인(官印)을 연못에 빠뜨렸다고 한다. 맹사성이 공사(公私)를 막론하고 일체 남의 신세를 지지 않고 청백했음을 알 수 있다.

맹사성은 청렴결백하였을 뿐 아니라 바르지 못한 일에 대해서는 임금에게 바른말을 하여 시정케 하였다. 그래서 그를 후세의 관리들이 귀감으로 삼았던 것이다. 맹사성은 청빈한 생활 속에서도 인생의 참다움을 멋으로 삼고 살았던 사람이다.

『서경(書經)』에 보면 '지위는 기약하지 않아도 교만하며, 봉록은 기약하지 않아도 사치하니, 공경하고 검소함으로 덕을 삼아 거짓으로 일삼지 말라'는 구절이 있다. 우리 모두(특히 공직자) 이 말을 명심하고, 맹사성의 청백리 정신을 본받자.

※〈참고〉 맹사성(孟思誠, 1360~1438) : 본관은 신창(新昌), 자는 자명(自明)·성지(誠之), 호는 동포(東浦)·고불(古佛). 온양 출신. 춘추관검열, 이조참의, 대사헌, 예조참판, 이조판서, 좌의정 등을 지냈으며, 시호는 문정(文貞)이다. 『태종실록(太宗實錄)』

편찬에 참여하였다. 효성이 지극하고 청백하였으며, 음악에 조예가 있어 스스로 악기를 만들어 즐겼다. 품성이 어질고 부드러웠으며, 조정의 중요한 정사를 논의할 때에는 신중함이 있었다. 최영(崔瑩) 장군의 손서(孫婿 : 손녀사위)이기도 하다.

2. 충절(忠節)의 상징 성삼문

요즈음 정치판을 보면 국가와 국민을 위하는 정치인이 과연 얼마나 되는지 의심스러울 때가 한 두 번이 아니다. 말로는 국가와 국민을 위한다고 하지만, 하는 짓을 보면 국가와 국민을 빙자하여 이합집산과 합종연횡을 도모하고 온갖 꼼수 등을 일삼고 있으니 한심스럽고 치졸하기 짝이 없다. 이들은 충(忠)과 지조(志操)를 제대로 알고 있는 것인지……. 어디 이들 뿐이겠는가? 공직자·기업가·노조관계자들 중 일부는 자기 밥그릇 찾아 먹기에 급급 하는 등 집단 이기적인 행태를 보이기 일쑤이다. 어찌 보면 우리 사회가 썩어가고 있는 것은 아닌지 우려된다. 아니 썩은 것 같다. 특히 이 난국에 국가와 국민을 위하는 사회 지도층 인사들이 많아야 할 텐데 얼마나 되는지 궁금하고 한편으론 걱정이 된다. 존경 받을 어른도 별로 없는 것 같고, 또 어른을 존경할 줄도 모른다. 상식과 기본이 통하지 않은 사회가 되어 버린 것 같다. 이렇게 된 데에는 가정교육과 학교교육이 가장 큰 요인의 하나이고, 사회교육도 문제가 된다고 본다.

지금 우리는 어디로 향해 가고 있는지 진단할 필요가 있다. 그래서 잘못된 부분은 과감하게 수술해야만 한다. 그리하여 우리나라를 경제·군사 강국, 정치·문화 선진국, 인권·복지 지향국 등 부강하고 살기 좋은 민주주의 국가로 만들도록 노력해야 할 것이다. 그러기 위해서는 충절의 정신이 더욱 필요한 때이다.

우리 역사를 보면 충절을 지킨 인물들이 많다. 그 가운데 대표적인 인물을 꼽으라면 정몽주(鄭夢周)와 사육신(死六臣)을 들수 있다. 여기서는 사육신 중 가장 대표적인 인물로, 충절의 상징으로 추앙받고 있는 성삼문을 소개하려고 한다.

성삼문은 세종(世宗) 때 집현전(集賢殿) 학사로서 세종의 지극한 총애를 받았으며, 훈민정음 창제에 크게 공헌한 인물이었다. 뿐만 아니라 문종(文宗)으로부터는 나이 어린 세자(端宗)를 잘 보필하여 달라는 고명(顧命)을 받은 신하들 중 한 사람이었다. 그러한 그였기에 단종에 대한 충성심은 그 누구도 따라갈수 없었다. 그러므로 그는 단종 재위(在位) 시 수양대군(世祖)이 김종서(金宗瑞)·황보인(皇甫仁) 등을 죽이고 정권을 장악하여 정사를 좌지우지하자 좌사간(左司諫)으로서 직언을 서슴지 않았다. 수양대군이 단종으로부터 왕위를 물려받게 되자, 당시 승지(承旨)였던 그는 옥새를 끌어안고 통곡을 하였다고 한다. 이처럼 수양대군이 단종을 몰아내고 왕위에 오른 것을 도저히 용납할 수 없었던 성삼문은 단종 복위(復位)를 도모하고자 때를 기다렸다. 마침내 명나라 사신 환송연에서 그의 아버지 성승(成勝)이 유응부(兪應孚)와 함께 운검(雲劍)으로 뽑히자, 단종 복위를 도모하기로 하였다. 그러나 이를 눈치 챈 한명회(韓明澮)가 세조에게 운검 배치 중지를 아뢰어 허락받자 거사는 후일로 미루어지게 되었다. 그런데 모의에 참여했던 김질(金質)이 일이 여의치 못함을 깨닫고 장인인 정창손(鄭昌孫)에게 알리자, 정창손의 밀고로 거사계획은 발각되고 거사에 참여했던 사람들은 체포되어 세조의 친국(親鞫)을 받게 된다. 이때 성삼문도 체포되어 세조의 친국을 받았는데, 시뻘겋게 달군 쇠로 그의 다리를 태우고 팔을 잘리는 혹독한 고문에도 안색하나 변하지 않았다고 한다. 오히려 그는 세조를 '전하'라 하지 않고, '나리'라고 불렀으며, 세조가 '내가 왕위를 물려받던 처음에 막지 않고 이제 와서 배반하느냐. 너는 나의 녹을 먹지 않았는가?' 하고 묻자, 성삼문은 '상왕이 계신데 나리가 어찌 나를 신하라고 하며, 후일을 도모하기 위해 참았을 뿐이고, 또 나리의 녹을 먹지 않았으니 만약 나의 말을 믿지 못하겠다면 확인해 보시오.'라고 하였다고 한다. 그가 세상을 떠난 후 가산을 조사해 보니 세조 즉위 이후부터 받은 녹봉은 별도로 한 곳에 쌓아두고 '어느 달의 녹'이라고 기록해 놓았으며, 집안에 남은 것이라고는 아무 것도 없었다고 한다. 마침내 성삼문은 사육신 등과 군기감 앞길에서 39세의 젊은 나이로 잔혹한 죽음을 당하였다. 이때 그의 부친 성승과 세 동생, 여섯 아들이 모두 처참하게 살해되었고, 그의 아내와 며느리는 관비로 보내졌다.

성삼문이 죽음을 앞에 두고 지었다고 하는 절명시(絶命詩)와 형장에서 남겼다는 시조가 현재까지 세상에 전해지고 있다.

그의 충절을 가히 짐작할 수 있다.

성삼문은 절의와 굳건한 신념을 소유한 강인한 사대부였을 뿐 아니라 충절과 의리의 삶을 본보기로 보여준 인물이다. 그래서 조선조 사대부들은 성삼문을 충절의 표상으로 추앙했던 것이다.

『좌선(左傳)』에 보면, '신하로서 임금에게 두 가지 마음을 가져서는 안 되는 것은 하늘이 정해준 이치이다'라는 구절이 있다. 신하로서 임금에게 충성을 다할 뿐 다른 임금을 생각하는 마음을 가져서는 안 되는 것은 하늘이 정해준 도리라는 뜻이다. 지금은 조선조처럼 봉건왕조시대는 아니지만, 이 말을 가슴 깊이 새겨둘 필요가 있다. 전두환 전 대통령에게 맹목적으로 충성을 바쳤던 장 아무개의 무모한 개인적 충성(?)이 아니라, 국가와 국민을 위한 충성과 절의가 절실히 필요한 때이다. 이러한 인물들은 어느 때든지 항상 필요로 할 뿐만 아니라 많으면 많을수록 좋다. 모든 사람들이 성삼문의 충절의 정신을 배웠으면 한다.

※〈참고〉 성삼문(成三問. 1418~1456) : 본관은 창녕(昌寧), 자는 근보(謹甫), 호는 매죽헌(梅竹軒). 홍성 출신. 훈민정음 창제에 큰 공헌을 했으며, 예조참의, 예방승지 등을 지냈으며, 시호는 충문(忠文)이다. 세조 때 단종의 복귀를 꾀하다 죽은 사육신으로, 조선시대의 대표적인 절신(節臣 : 절개를 지킨 신하) 가운데 한 사람이다. 아버지는 도총관(都摠管) 성승(成勝)이다. 숙종 때 신

원(伸冤 : 억울하게 입은 죄를 풀어줌) 되었다. 저서로는 『매죽헌 집(梅竹軒集)』 등이 있다.

3. 불의(不義)를 용납하지 않았던 홍흥

　요즈음 의롭지 못한 자들이 너무 많고, 이들이 뻔뻔스럽게 거리를 활보하는 세상이다. 하기야 이런 자들이 오늘날에만 있는 것은 아니다. 옛날에도 부지기수로 있었다. 그 대표적인 인물이 사마천의 『사기』「열전」〈서문〉에 나오는 도척이다. 천하의 악당 도척은 갖은 악행을 일삼으면서도 부귀했을 뿐만 아니라 천수를 누렸다. 그래서 사마천은 『사기』에 '하늘의 도는 옳은 것인가? 그른 것인가?' 라는 유명한 말을 남겼다. 그리고 반고가 등장하기 전까지 이후 학자들은 이 말에 대해 열띤 논쟁을 벌었다.

　반면, 불의를 보면 이를 용납하지 않았던 사람들도 많았다. 중국 위(魏)나라 태무제 때 고필은 불의를 결코 용납하지 않았다. 심지어 그는 임금이 의롭지 못한 일을 하자 직간을 서슴지 않았다. 이런 훌륭한 사람들이 중국에만 있었던 것은 아니었다. 우리나라에도 많았다. 여기에 소개하려고 하는 사람은 홍흥이다.

　홍흥은 성종 때 사람으로, 성품이 강직하고 대쪽 같아 권력에 굽힐 줄 몰랐으며, 불의를 보면 그냥 지나치지 않았다. 성종은 이러한 홍흥의 강직한 성품과 인물됨이 출중함을 알고 대사헌을 세 번이나 시켰다. 홍흥은 대사헌으로 있으면서 문란한 나라의 기강을 바로잡았다. 그는 항상 문무백관들이 국법을 어기지 않도록 하는데 세심한 주의를 기울였다.

그런데 당시 으뜸가는 공신이요, 조정의 원로였던 세도가 한명회가 부정축재를 일삼았다. 그러나 한명회의 권세가 두려워 아무도 감히 말을 하지 못하였다. 심지어 임금인 성종까지도 그의 비위를 거슬리게 하지 않을 정도였다. 그렇지만 홍흥은 그냥 넘어가려고 하지 않았다. 그는 한명회의 비리를 낱낱이 조사·확인한 후, 곧바로 한명회를 탄핵하였다. 이 일로 인해 한동안 조용하던 조정이 술렁이기 시작했다. 조정의 신하들 대부분은 일이 장차 어떻게 번질지 관망하면서 끼리끼리 모여 수군거리거나 쉬쉬할 뿐이었다. 그리고 얼마 안 있어 홍흥이 파직될 것으로 생각하고 있었다. 하지만 홍흥이 누구인가? 그는 조금도 동요하지 않고 한명회의 잘못된 행위를 규탄하며, 그의 작위를 삭탈하고 벌을 내릴 것을 강력히 주장하였다. 결국 임금 성종도 한명회를 조정에서 내보내지 않을 수 없었다. 그 이후부터 성종은 홍흥의 기개를 장하게 여기고 그에게 의탁하는 일이 많았다.

홍흥은 절친한 친구의 사소한 불법도 용납하지 않았다. 그렇지만 반드시 엄격하기만 한 것은 아니었다. 그에게는 부드러운 면도 있었다. 그러나 그 성품이 어디 가겠는가? 홍흥은 벼슬을 내놓고 고향에 내려가 살면서도 불의를 보면 결코 모른 체 하지 않았다.

홍흥 같은 사람들이 많아야 나라의 기강이 서고 문란한 질서도 바로잡을 수 있다. 우리 모두 이런 세상을 만들도록 노력하자.

※〈참고〉 홍흥(洪興. 1434~1501) : 본관은 남양(南陽), 자는 사걸(士傑), 호조정랑, 형조참의, 좌승지, 충청도관찰사, 개성부유수, 대사헌, 호조참판, 동지중추부사 등을 지냈다. 『성종실록(成宗實錄)』 기사에 사신(史臣)이 논평하기를, "성품이 방엄(方嚴)하고 정직(正直)하여 사람들이 감히 사사롭게 범하지 못하였다." 라고 기록하고 있다. 인물과 풍채가 준수하여 성종이 자주 명나라에 사신으로 보내어 우리나라의 인물로 자랑할 정도였다. 글씨에도 능하였다.

4. 앞날을 예견한 황형

사람들은 대부분 한 치 앞도 내다보지 못한 채 하루하루를 그럭저럭 살아가고 있다. 이는 예나 지금이나 마찬가지이다. 그러나 그 중에는 앞날을 미리 내다보고 이를 대비했던 사람들도 있다. 여기에 소개하려고 하는 사람은 선견지명(先見之明)이 있었던 황형이다.

황형은 중종 때 병조판서를 지냈던 사람이다. 그는 국사가 다망한 중에도 고향인 강화도로 자주 내려가서 경치 좋은 연미정에 오르곤 했다. 해마다 연미정 일대의 수려한 경치를 즐기던 황형은, 언제부터인가 연미정 주변의 산에 소나무를 심기 시작하였다. 그가 해마다 공을 들여 심은 소나무들은 세월이 흐르자 울창한 수림으로 변해 갔다. 그렇지만 황형은 이에 만족하지 않고 부지런히 소나무를 심었다. 마을 사람들은 황형이 너무나도 열심히 나무를 심자 이상하게 생각해 그에게 말을 했다. "대감마님 어찌하여 손수 나무를 심으십니까? 아마 대감마님께서 심으신 나무가 수천 그루는 넘을 것입니다. 이제 그만 심으시지요?" 그럴 때마다 황형은 언제나 빙그레 웃으며 말하기를, "모르는 소리 말게. 내가 나무를 심는 참뜻은 훗날이 되어야 알걸세. 나무를 잘 심어야 후세에 나라의 일이 순조롭게 될 걸세." 하였다. 황형은 누가 뭐라고 해도 들은 척도 않고 틈만 나면 소나무를 촘촘하게 심었다.

수 십 년 후 임진왜란이 일어났다. 이때 김천일·최원 등이 의병을 일으켜 강화도에 들어와 군사를 모집하였다. 그러나 타고 나갈 배가 없었다. 김천일은 쓸 만한 목재가 없어 고민하던 중 연미정 부근에 울창한 소나무 숲이 솟아있는 것을 보고 대단히 기뻐하였다. 그리하여 소나무를 베어 수백 척의 배를 건조하였다. 뿐만 아니라 선조가 강화도로 피신하려는 생각이 있어 행궁을 짓도록 하였는데, 이 행궁도 연미정 부근의 소나무를 베어서 지었다. 그렇게 소나무를 많이 베었는데도, 소나무는 표시가 나지 않을 만큼 많았다. 후일 선조는 유성룡을 통해 이러한 사실을 알게 되었다. 황형이 장차 나라에서 필요할 때 소나무를 쓰라고 유언을 하였던 것이다. 선조는 황형에게 시호를 내렸다. 그리고 사람들은 이때 와서야 비로소 황형의 선견지명을 알게 되었다.

요즈음 정치판을 보면 황형처럼 앞날을 예견하는 정치인은 거의 없고, 상식적으로 이해할 수 없는 말을 하는 일부 정치인들이 있어 문제다. 더욱이 고위공직자도 간혹 그런 말을 해서 우리를 혼란스럽게 한다. 참으로 이 나라가 걱정이다. 앞으로 상식적으로 예측이 가능한 나라를 만들었으면 하는 바람이다.

※〈참고〉 황형(黃衡. 1459~1520) : 본관은 창원(昌原), 자는 언평(彦平). 의주목사, 회령부사, 함경도병마절도사, 도총관, 공조판

서 등을 지냈으며, 시호는 장무(莊武)이다. 무신으로 삼포왜란 당시 방어사로 왜적을 대파한 인물이다.

5. 친구를 위해 충고를 서슴지 않았던 조언형

세상인심이 각박하고 경제가 어려워서 그런지 친구지간에 우정과 신의는 고사하고 사기를 치거나 배신을 하는 경우가 흔하다고 한다. 이런 일은 예전에도 있었지만 요즈음 들어 더 한 것 같다. 사실 필자 주변에도 보증을 잘못 서거나 사기를 당해 쫄딱 망한 친구가 몇 명 있다. 그런데 이 친구들이 다른 친구들에게 사기를 쳐서 그 친구들까지 어렵게 만든 일이 있다. 법 없이도 살 착한 친구들이었는데 먹고 살기 힘들다 보니 이 같은 짓을 저지른 것 같다. 이런 친구들의 좋지 않은 소식을 접할 때마다 가슴이 아프다. 도와주고 싶지만 도와줄 여력도 없고……. 본시 그런 친구들이 아니었는데 상황이 그렇게 만든 것으로 이해하고 싶지만, 마음이 무겁고 착잡하기만 하다.

친구란 참으로 소중한 것이다. 특히 우리가 세상을 살아가면서 생사고락을 함께 할 수 있는 친구, 서로 조언과 충고와 도움을 주고받을 수 있는 친구가 필요하다. 그런데 친구는 성실히 대해 주어야 하겠지만, 생사까지 같이 할 수 있는 친구가 있는가 하면, 그저 동창으로서 벗하는 정도의 친구도 있다. 다시 말해 친구마다 정도의 차이가 있다는 얘기이다. 물론 친구가 눈치를 채지 못하도록 하는 것은 기본이다. 아무튼 친구란 우리 인생살이에서 꼭 있어야 할 존재이다.

친구간의 우정을 형용하는 말은 많다. 죽마고우(竹馬故友)·막역지우(莫逆之友)·관포지교(管鮑之交)·단금지교(斷金之交)·백아절현(伯牙絶絃)·지음(知音)·지기(知己) 등, 그런데 굳이 그 정도를 따진다면 아마 친구를 위해서는 목숨도 버릴 수 있는 문경지교(刎頸之交)가 가장 깊은 우정을 표현한 말이 아닐까? 친구를 위해 목숨까지 내놓을 수 있는 '문경지교'야말로 우정의 극치라고 할 수 있다.

우정과 관련된 이야기는 많다. 여기서는 친구를 위해 충고를 서슴지 않았던 조언형을 소개하려고 한다.

조언형과 강훈은 죽마고우로 김종직의 문하에서 함께 공부했던 사람들이다. 이들은 과거에 급제해 한양에 올라온 이후에도 침식을 같이 하며 매우 가깝게 지냈다. 그러다가 연산군 때 무오사화를 만나 강훈은 억울하게 추방을 당하게 되었다. 이때 조언형은 절친한 친구 강훈을 진심으로 위로하면서, 불평을 토로하는 강훈에게 항상 행동을 신중히 하고 무슨 일이든 심사숙고한 후 행할 것을 충고하였다. 강훈도 이를 고맙게 여겼다. 그 후 조언형은 연산군의 폭정에 벼슬을 버리고 낙향하였고, 강훈은 한양으로 다시 올라와 이후 벼슬길이 순탄하였다.

그런데 조언형은 친구 강훈이 재주 있는 문사로 연산군에게 아첨의 글을 짓는 것에 대하여 가슴 아프게 생각하였다. 그래서 강훈을 찾아가 서슴지 않고 충고를 하였다. 이러기를 수차례였지만 그때마다 모두 허사였다. 중종반정이 일어나자 강훈은 그 기회를 잘 이용해 함경감사가 되었다. 그리고 부임지로 떠났다. 당시 단천군수였던 조언형은 감사가 도착했다는 전갈을 듣고 몸이 불편하다며 아전들에게 대신 나가 접대할 것을 명했다. 저녁 무렵 조언형은 하인에게 탁주 한 동이를 들려가지고 객사의 상방을 찾아 갔다. 두 사람은 친구로서 반갑게 만나 술잔을 주고받았다. 이윽고 조언형은 강훈에게 그 동안 옳지 못한 행동과 처신에 대해 고칠 것을 충고했지만 듣지 않은 것에 대해 이야기하면서 절교를 선언했다. 영영 못 만날지도 모르는 두 사람은 이별을 앞두고 밤이 깊도록 술을 마셨다. 다음날 조언형은 관직을 버리고 고향을 향해 떠났다. 둘도 없는 친구를 잃은 강훈은 후회막심이었지만, 이미 때는 늦었다.

조언형의 아들 남명(南冥) 조식(曺植)은 부친의 강직한 성격을 그대로 물려받아 벼슬길에 나아가지 않고 산림에 은거하면서 후진양성과 학문에 전념했다. 그리고 그의 제자들 역시 대부분 강직했다. 『논어(論語)』에 '유익한 벗이 셋이요, 해로운 벗이 셋이니, 정직한 사람을 벗으로 삼음과, 진실한 사람을 벗으로 삼음과, 들은 것이 많아 잘 아는 사람을 벗으로 삼음이 이로움이요, 알랑거리며 비위를 잘 맞추는 사람을 벗으로 삼음과, 아첨할 뿐 성실하지 못한 사람을 벗으로 삼음과, 구변만 좋을 뿐 마음이 음험하고 실속이 없는 사람을 벗으로 삼음이 해로움이니라.'는 구절이 있다. 가슴에 새겨두기 바란다.

　학교든 직장이든 지금까지 사귄 사람들 중에서 진정한 친구가 몇이나 있는지 각자 생각해 보았으면 한다.

※〈참고〉 조언형(曺彦亨. 1469~1526) : 본관은 창녕(昌寧)이며 자는 형지(亨之).이다. 단천군수, 사간원 정언, 사헌부 지평·집의, 승문원 판교 등을 지냈다. 남명(南冥) 조식(曺植)의 아버지이다.

6. 개혁을 서두르다 화를 당한 조광조

요즈음 '개혁'이라는 말이 매스컴에 자주 오른다. 세상을 변화시키기 위해서는 개혁이 필요하다. 더구나 세상은 하루가 다르게 변하고 있다. 이처럼 변하는 세상에서 이에 맞게 개혁을 하지 않는다면 발전은 있을 수 없다. 개혁을 하는 데에는 두 가지가 있다. 하나는 기존의 것을 바꾸고 급속한 변화를 추구하는 급진 개혁이 있는가 하면, 다른 하나는 점진적인 변화를 지향하는 점진 개혁이 있다. 이 중 어느 것을 선택하느냐가 문제이다. 그런데 섣부른 개혁을 시도하거나 급진 개혁을 시행할 경우 문제가 발생할 수도 있다는 점을 간과해서는 안 될 것이다. 이와 관련하여 중종 때 개혁을 서두르다 화를 당한 조광조를 소개하려고 한다.

조광조는 중종 때의 대표적인 학자요 명신(名臣)이다. 그는 강직한 성품의 소유자였으며, 도학자로 이름이 높았다.

반정으로 연산군을 몰아내고 왕위에 오른 중종은 훌륭한 신하의 도움을 받아 유교적인 이상정치를 실현하려고 하였다. 이러한 중종의 생각에 딱 들어맞는 인물이 발탁되었는데, 그가 바로 조광조였다. 조광조 또한 도학정치를 실현하고 싶었던 차에 중종에게 발탁되었던 것이다. 물고기가 물을 만난 셈이었다.

조광조는 정계의 핵심 요직에 임명되자 소격서(昭格署) 혁파·현량과(賢良科) 실시 등 과감한 개혁정책을 추진하였다. 그러나 지나침은 모자람만 못한 법. 때로는 한 발짝 물러서는 타협의 자세도 필요한데, 조광조는 결코 물러서지 않았다. 특히 현량과 실시로 조광조 중심의 사림파가 정계에 많이 포진하게 되자, 홍경주·심정·남곤 등 훈구세력은 심각한 위기의식을 느끼기 시작하였다. 그리고 중종도 이무렵 부터는 조광조의 행동이 지나치다고 생각하기 시작하였다. 마침내 이러한 갈등과 대립, 위기의식은 위훈삭제(僞勳削除) 사건으로 폭발하였다. 조광조의 주장이 얼마나 거세었는지 중종도 이를 받아들여 자신을 왕위에 옹립하는데 공을 세운 공신 103명(상당수가 공로도 없이 공신이 되었음) 중 78명의 공훈을 삭제하였다. 궁지에 몰린 공신세력은 조광조 일파를 몰아내기 위해 '주초위왕(走肖爲王 : 조씨가 왕이 됨)'이라는 사건을 조작하였다. 결국 조광조는 역모로 몰리어 체포되어 유배되었다가 그후 사약을 받고 죽었다. 조광조의 업적은 평가할만하다. 그러나 그는 지나치게 급하고 과격한 개혁을 추구하였다. 원칙과 이상에만 치우쳐 기성세력을 무시하면서 모든 것을 다 바꾸려 하였다. 이것이 화근이 된 것이다.

요새 정치판에서 보수·진보 논쟁이 한창이다. 이에 대해 왈가왈부할 생각은 없다. 다만 보수와 진보가 어느 정도 균형을 유지할 필요가 있다고 생각된다. 어느 한 쪽으로 치우치면 문제가 발생하기 때문이다. Na(나트륨)와 Cl(염소)은 따로 따로 먹으면 죽는다. 그러나 합치면 NaCl(염화나트륨), 즉 소금은 우리에게 꼭 필요한 것이다. 이것이 조화의 원리요, 중용지도인 것이다. 개혁은 해야 된다. 그러나 급진 개혁보다는 점진 개혁, 그리고 NaCl의 정신이 필요하다. 현재 경제가 위기상황이라는 점을 잊지 말고 개혁에 임했으면 하는 바람이다.

※〈참고〉 조광조((趙光祖. 1482~1519) : 본관은 한양(漢陽), 자는 효직(孝直), 호는 정암(靜菴). 한성 출생. 부제학, 대사간, 대사헌 등을 지냈으며, 시호는 문정(文正)이다. 성품이 너무나 곧았으며 스승에게도 할 말을 다 하였다. 그의 도학정치는 조선시대의 풍습과 사상을 유교식으로 바꾸어놓는 데 중요한 동기가 되었다. 신진사류들의 중심인물이 되어 기성세력인 훈구파를 축출하려다 노련한 훈구세력의 반발로 새로운 정치질서를 이루려던 계획은 실패하고 말았다. 홍경주(洪景舟)·남곤(南袞)·심정(沈貞) 등과 후궁 경빈 박씨(敬嬪朴氏)에 의해 '주초위왕(走肖爲王) 등의 무고로 탄핵 유배되었다가, 김전·남곤 등에 의해 기묘사화 때 사사(賜死) 되었다. 선조 때 신원(伸寃 : 억울하게 입은 죄를 풀어줌.) 되었다. 저서로는 『정암집(靜菴集)』 등이 있다.

7. 삶과 죽음 앞에서 부끄럽지 않았던 송인수

예나 지금이나 세상을 살아가면서 온갖 못된 짓을 일삼는 사람들은 많다. 그런데 이처럼 온갖 못된 짓을 저지르고도 천벌을 받기는커녕 부귀장수를 누렸던 인간들도 있다. 아마 그 대표적인 인물 한 사람을 꼽으라면 도척을 들 수 있을 것이다. 그래서 오죽하면 사마천이 『사기(史記)』에 '천도(天道)는 옳은 것인가? 그른 것인가?'라고 썼을까? 사실 도척과 같은 부류의 인간들은 지금도 흔하게 볼 수 있다. 이들은 부귀장수를 위해서라면 수단과 방법을 가리지 않는다. 한마디로 부끄러움이 무엇인지를 모르는 한심한 인간들이다. 『맹자(孟子)』에 보면 '사람은 부끄러워하는 마음이 없어서는 안 된다. 부끄러워하는 마음이 없는 것을 부끄러워하면 부끄러워 할 일이 없어진다.'라는 구절이 있다. 도척과 같은 무리의 속물인간들은 이 말하고는 담 쌓은 지가 오래될 것이다. 그러니 이들이 어찌 사유(四維)인 '예의염치'를 알겠는가? 알 턱이 만무하다. 그런데도 이런 인간들이 오만방자하게 망둥이처럼 날뛰고 있으니 도대체 어찌된 세상이란 말인가?

사람이 세상을 부끄럽지 않게 살고 부끄러움 없이 죽는다면 얼마나 좋을까? 여기서는 이런 인물 중의 한 사람으로 삶과 죽음 앞에서 부끄럽지 않았던 송인수를 소개하려고 한다.

송인수는 중종(中宗)·인종(仁宗) 때의 명신(名臣)이다. 그

가 홍문관 정자(正字)의 벼슬에 있을 때의 일이다. 당시는 기묘
사화를 일으켰던 훈구파와 왕실의 외척 세력들이 권력을 장악하
고 있을 때였다. 그러므로 선비들의 사기는 크게 떨어지고, 바른
말을 아뢰어야 할 언관(言官)들조차 집권세력의 하수인으로 전
락한 경우가 많았다. 당시 미관말직이었던 송인수는 곧은 절개
로 끝까지 직언을 하면서 왕에게 이렇게 아뢰었다. "임금이 자신
의 잘못을 듣기 싫어하면 마침내 언관을 죽이게 되고, 결국 나라
도 망하게 됩니다. 언관을 죽이고 망하지 않은 나라가 없으니
말할 가치조차 없습니다." 결국 이런 일들로 인해 집권세력의
미움을 받게 되었고, 마침내는 김안로의 미움을 받아 사천으로
귀양을 갔다. 그 후 김안로가 실각하자, 송인수는 다시 대사헌에
복귀하였다. 하지만 그가 조정에 돌아왔을 때에는 조정은 대윤
(大尹 : 윤임)과 소윤(小尹 : 윤원형)으로 나뉘어 첨예하게 대립
하고 있었다. 송인수는 이를 비판하다 전라도 관찰사로 쫓겨 갔
다가, 인종 즉위 후 다시 대사헌으로 복귀하였다. 이 무렵 윤원
형이 형조참판이 되자 송인수는 여러 날 동안 이를 비판하였다.
송인수는 이런 인사는 부당한 인사라며 두 달 동안이나 임금에
게 강력하게 아뢰었다. 송인수가 뜻을 굽히지 않고 계속 주장하
자, 친구들이 당시의 세도가인 윤원형에게 화를 입을까 염려되
어 그만 둘 것을 권유하였다. 그러자 송인수는 "어찌 윤원형 같
은 인간을 재상의 반열에 둘 수 있겠는가?"라고 말하며 굽히지

않았다. 얼마 후 을사사화가 일어나자, 그는 또 다시 귀양을 갔다. 그리고 2년 뒤 양재역 벽서사건이 일어났다. 이때 벽서사건을 일으켰던 정언각의 모함에 의해 송인수는 사약을 받게 된다. 사약이 내리던 날은 그의 생일 하루 전날이었다. 송인수는 자신이 죽을 것을 예감하고 있었다. 조금 후 의금부 도사가 군사들을 이끌고 들어와 어명을 받으라고 하였다. 송인수는 태연한 표정으로 옷깃을 여미고 어명을 받았다. 그리고는 의금부 도사에게 "저승으로 떠나는 마당에 이런 몰골로 갈 수는 없지 않겠소? 목욕재계하고 나올 터이니 잠시만 기다려 주시오"라고 말하고, 깨끗이 몸을 씻은 후 손톱과 발톱을 깎았다. 그리고는 깨끗한 옷으로 갈아입은 뒤, 다시 꿇어앉아 주위 사람에게 종이와 붓을 청하였다. 송인수는 사촌동생 송기수에게 유언 한 마디를 남겼다. '하늘과 땅이 내 마음을 알아주리라' 하고 말하며 가족들을 부탁하였다. 그리고 어린 아들에게 '부끄러운 마음을 지니고 사는 것은 부끄러움 없이 죽는 것만 못하니라'라는 유서를 써주었다. 이윽고 의금부 도사가 사약을 건네자, 송인수는 북쪽을 향해 두 번 절하고 태연히 두 손으로 사약을 받아들어 마셨다. 이때가 그의 나이 49세였다. 이처럼 송인수는 삶과 죽음 앞에서 부끄럽지 않았다.

사람이 평생을 부끄럽지 않게 살고 부끄러움 없이 당당하게 죽음에 임하기란 결코 쉽지 않은 일이다. 그럼에도 불구하고 우리는 부끄럽지 않게 살다가 부끄러움 없이 죽을 수 있게 노력해야 한다. 그러기 위해서는 각자 자신을 새롭게 가다듬을 필요가 있다.

'선비는 죽음 앞에 선 뒤에야 비로소 그가 군자임을 알 수 있다'라는 말이 있다. 이 말을 명심하고 이제부터라도 부끄럽지 않게 살다가 부끄럽지 않게 죽자. 그래야 자기 이름값하면서 사람다운 구실과 도리를 하고 살다가 죽는 것이 아니겠는가?

※〈참고〉송인수(宋麟壽. 1499~1547) : 본관은 은진(恩津). 자는 미수(眉叟), 호는 규암(圭菴). 홍문관정자, 사간원정언, 사헌부지평, 동부승지, 대사헌, 전라도 관찰사, 예조참판 등을 지냈으며, 시호는 문충(文忠)이다. 을사사화 때 사사(賜死)되었다. 저서로는 『규암집(圭菴集)』 등이 있다.

8. 옳지 않은 일에는 몸을 굽히지 않았던 조사수

　사람이 세상을 살아가다 보면 옳지 않은 일을 접하는 경우가
종종 있다. 그런데 이를 보고도 바로 잡으려고 하지는 않고 오히
려 못 본 체하거나 회피 방관하는 사람들이 있다. 이런 부류의
사람들은 예나 지금이나 있기 마련이지만, 요즈음이 더한 것 같
다. 특히 청소년이나 젊은 사람들 중에는 이 같은 사람들이 적지
않은 듯하다. 세태 탓인지 아니면 가정교육·학교교육이 잘못
되어 그런 것인지 아무튼 답답하기 그지없다. 실제로 필자가 주
변의 아는 청소년이나 젊은이들에게 '의롭지 못한 일을 보면 어
떻게 할 것이냐'고 물어보면 '자기와 관계가 없는데 상관할 필요
가 있냐'고 대답하는 사람들이 의외로 많다. 의로운 일에 자신
을 희생했던 사람들이 들으면 통곡할 노릇이지만, 어쨌든 그런
얘기를 들을 때마다 기가 막혀 말이 잘 안 나온다. 물론 그렇지
않은 사람이 훨씬 많지만, 이러다가는 장차 이 나라가 어찌될지
걱정이 앞선다. 필자의 기우(杞憂)이기를 바랄 따름이다.

　그러나 분명한 것은 잘못된 일을 보면 이를 바로잡아야 한다
는 것이다. 만약 이를 묵인하거나 방관하는 사람은 민주시민으
로서 자격이 없는 것이 아닐까? 『논어(論語)』에 보면 '의로운 것
을 보고도 실행하지 않는 것은 용기가 없기 때문이다'라는 구절
이 있다. 이를 명심하고 실행에 옮기도록 하자.

이와 관련된 이야기는 많다. 여기서는 '옳지 않은 일에는 몸을 굽히지 않았던 조사수(趙士秀)'를 소개하려고 한다.

조사수는 중종(中宗)~명종(明宗) 때의 명신(名臣)으로 성품이 굳세고 절개가 높았던 인물이다. 그에 대한 일화는 많지만, 지면관계상 서너 가지만 소개하겠다.

조사수가 대사헌으로 있을 때 그가 출근하는 길옆에는 진복창(陳復昌)의 집이 있었다. 진복창은 윤원형(尹元衡)의 심복으로 을사사화 때 사림(士林)을 숙청하는데 앞장섰던 흉악한 인물이었다. 그리하여 많은 사대부들로부터 '독사'라는 별명을 얻었다. 특히 그는 자기를 벼슬에 추천해준 구수담(具壽聃)까지 역적으로 몰아 사약을 받게 한 간악무도한 인물이었다. 그러므로 대신들조차 진복창의 위세에 눌려 늘 허리를 굽히고 그를 대하였다. 하지만 조사수는 3년 동안 진복창의 집 앞을 지나다니면서 한 번도 진복창의 집을 찾아가지 않았다. 소인 보기를 마치 몸이 더럽혀지는 것처럼 여겼기 때문이다.

조사수가 지경연(知經筵)으로 있었을 때의 일이다. 하루는 조사수가 영의정 심연원(沈連源)과 함께 조정에 입시했었는데, 조사수가 심연원의 첩의 새 집이 몹시 사치스러운 뿐만 아니라 행랑채가 너무 크고 지붕에 단청까지 그려 잘못된 것이라고 지적하였다. 이에 임금이 심연원에게 조사수의 말이 맞냐? 고 묻자, 등에 땀이 나서 옷이 흠뻑 젖을 정도였던 심연원이 맞다고 하며 자신의 불찰이라고 하였다. 경연에서 물러나온 심연원은 조사수를 불러 자신의 잘못이라고 사과하면서 단청을 모두 지우고 행랑채를 깊이 잠그고 작은 사랑채에서만 손님을 맞았다. 그리고 훗날 심연원은 조사수를 추천하여 이조판서에 오르게 하였다. 심연원은 조사수의 강직함을 인정하였고, 조사수는 강직함을 지켰던 것이다.

또 한 번은 친구 홍담(洪曇)이 병조판서에 임명된 적이 있었다. 이때 조사수가 대간들에게 '홍담은 나의 친한 벗이지만 재능으로 보건데 이조판서로는 적임자이나 병조판서로는 합당하지 않다'고 끝까지 주장하여 그 직책을 바꾼 적이 있었다. 그리고는 돌아가 친구 홍담에게 미안하다고 하자, 홍담이 말하기를 '내가 병조판서 자리를 더럽힌다는 말은 견디기 어려운 모욕이지만, 자네가 조정에서 논의를 올바로 펴고 있으니 자네를 믿을 뿐 아무런 근심도 없네.'라고 하면서 이해하였다.

이런 그였기에 청백리를 뽑는데 왕이 대궐에 청문(淸門 : 청렴한 사람), 예문(例門 : 보통 사람), 탁문(濁門 : 청렴하지 못한 사람)을 세우게 한 후, 각자 자신에게 합당한 문으로 들어가게 하자, 대부분의 신하들이 예문으로 들어갔는데 조사수만 청문으로 들어갔다. 하지만 아무도 이상하게 여기지 않았다. 이처럼 조사수는 강직했고 청렴했으며 당당했다. 특히 그는 그른 일에는 몸을 굽히지 않았다.

『역경(易經)』에 '소인은 어질지 못한 짓을 하여도 수치를 모르고, 의롭지 못한 일을 두려워하지 않으며, 이익이 되는 일이 아니면 힘쓰려 하지 않는다.'라는 구절이 있다. 이런 소인배가 되지 말고 용기 있는 사람이 되자. 그래야 정의로운 세상이 되지 않겠는가?

※〈참고〉조사수(趙士秀. 1502~1558) : 본관은 양주(楊州). 자는 계임(季任), 호는 송강(松岡). 제주목사, 대사성, 대사간, 대사헌, 경상도관찰사, 이조판서, 지중추부사, 좌참찬 등을 지냈으며, 시호는 문정(文貞)이다. 형 조언수와 함께 조선의 청백리 형제로 유명하다.

9. 건강에 신경 쓰고 살았던 유희춘

예나 지금이나 자신의 건강상태에 대해 신경을 쓰지 않는 사람은 없다. 특히 나이가 들수록 더욱 그렇다. 그런데 사람에 따라 다르겠지만, 대개 40대 초반까지는 건강에 신경을 덜 쓰는 것 같다. 그 이유는 건강에 대해 과신을 하거나, 아니면 생존경쟁시대에 살아남기 위해 건강에 신경 쓸 여유가 별로 없기 때문일 것이다. 그러다가 병원에 입원하거나 체력의 한계를 심각하게 느끼게 되면 마치 뜨거운 물에 덴 것처럼 깜짝 놀라 그때부터 건강에 신경을 쓰는 것이 일반적인 추세이다. 그러나 이는 소 잃고 외양간 고치는 격이다. 항상 건강에 신경을 써야만 한다. 그러기 위해서는 정기적인 건강진단과 함께 몸과 마음을 강건(强健)하게 해야 한다. 하지만 하루하루 살아가기 바쁜 세상에서 어디 그러한가? 문제는 자신의 결심과 실천여부에 달려 있다. 이와 관련하여 선조(宣祖) 때의 유명한 학자이자 당대 제일의 경연관(經筵官)이었던 유희춘(柳希春)을 소개한다.

유희춘은 어려서부터 족질(足疾)이 있어 잘 걷지도 못하였을 뿐 아니라, 젊어서는 냉증으로 고생하였다. 그러므로 그는 항상 건강에 신경을 썼다. 그럼에도 불구하고 20여 년 동안 종성에서 유배생활을 하였기 때문에 건강상태가 그리 썩 좋은 편이 아니었다. 따라서 그는 누구보다도 더 건강에 신경을 썼으며,

양생법(養生法)이나 의술에 관심도 많았고 그 지식도 상당한 편이었다. 그래서 그는 이를 실행에 옮겼다. 물론 대부분 의원의 진맥과 처방을 받고 행하였다. 뿐만 아니라 가까운 친구나 동료, 젊은 임금(宣祖)에게 건강과 섭생에 대하여 자신의 경험과 지식을 알려주기도 하였다. 이처럼 자신의 건강에 비상한 관심을 가졌던 그였던지라, 몸에 이가 많으면 건강하고 오래 산다는 속신까지 믿었다. 다소 황당한 면도 없지 않지만, 우리는 유희춘이 건강에 남다른 관심을 가졌고 건강하고자 노력하였다는 점을 명심할 필요가 있다. 이 때문인지 유희춘은 당시로는 비교적 장수의 나이에 속하는 65세까지 살았다.

조선시대 사대부들 태반은 양생법을 기록으로 남겼다. 그 대표적인 인물이 이황이다. 유희춘 역시 양생법을 기록으로 남겼다. 이처럼 우리 선인(先人)들도 건강에 신경을 썼다. 하물며 의학이 발달하고 의료보험제도가 시행되고 있는 오늘날이야 더 말할 나위가 없다. 앞으로 여러 가지 제도적 장치가 보완되겠지만, 지금은 조선시대와는 확실히 다르다. 자신의 건강문제는 본인에게 달려 있다. 유희춘이 그러했듯이 우리도 병원에 가서 수시로 자신의 건강상태를 체크할 필요가 있다. 이때 의사는 히포크라테스 선서를 잊지 말고 성심성의를 다해 인술을 펼쳐야 한다. 그리고 검진 받는 사람들은 의사를 믿고 자신의 심신 상태를 솔직하게 말해주어야 한다. 유희춘은 『미암일기(眉巖日記)』에 자신이 성병(임질)걸린 사실, 심지어 아내의 임질 감염사실까지 숨기지 않고 고백한 사람이다. 우리는 자신의 병명을 숨김없이 밝히고 치료하려는 유희춘의 자세를 본받을 필요가 있다.

예전에 어른들에게 '40대부터 건강에 신경 써야 된다. 특히 50대부터 건강에 더욱 신경 쓰고 운동하지 않으면 나중에 늙어서 고생한다.'는 말을 들은 기억이 난다. 필자도 40~50대에 건강을 과신하고 별로 돌보지 않아 60대 중후반의 나이가 된 지금 건강이 그리 좋지 않다. 앞으로 운동도 열심히 하고 병원에도 수시로 가서 몸 상태를 체크해 보려고 한다. 요즈음 흔히들 하는 얘기가 의술이 발달하고 약이 좋아 죽고 싶어도 쉽게 죽지 못한다고 한다.(돈이 있는 사람에 한해서) 사람이 오래 사는 것도 좋지만, 정신은 멀쩡한데 몸이 부실하고, 반면에 몸은 튼튼한데 정신이 오락가락 한다면 어떻겠는가? 건강(육체·정신)이 재산이다. 우리 모두 건강에 신경 쓰고 살아가자. 건강해서 남 주나?

※〈참고〉 유희춘(柳希春1513~1577) : 본관은 선산(善山), 자는 인중(仁仲), 호는 미암(眉巖). 해남 출신이다. 홍문관교리, 사헌부장령, 대사성, 부제학, 대사간, 대사헌, 전라감사, 이조참판 등을 지냈으며, 시호는 문절(文節)이다. 양재역 벽서사건으로 21년간 유배생활을 하였다. 박람강기(博覽强記) 하였고, 당대 제일의 경연관이었다. 저서로는 『미암집(眉巖集)』·『미암일기(眉巖

日記)』·『미암시고(眉巖詩稿)』(일본 천리대 소장) 등이 있다.
『미암일기(眉巖日記)』는『선조실록』편찬 시 원년~10년의 가
장 핵심 사초로 쓰였다.

10. 명망가(名望家)에서
신의 없는 사람이 되어 버린 노수신

요즈음 신의(信義)가 실종되었다고 말하는 사람이 있다. 하기야 신의 없는 자들이 부지기수요, 이들이 뻔뻔스럽게 판치는 세상이니 결코 지나친 말은 아닐 것이다. 특히 정치판을 보면 더욱 그렇다. 총선 때만 되면 정치인들은 흔히들 정치판을 새롭게 바꾸겠다고 떠드는데 두고 볼 일이다. 그런데 신의가 없는 것이 어디 정치판뿐이랴? 우리 사회 각 분야 곳곳에는 신의 없는 자들이 비일비재하다.

옛날이나 지금이나 신의 없는 자들은 항상 있기 마련이다. 문제는 이들이 나라나 사회에 물의를 일으킨다는 데에 있다. 선조(宣祖) 때 노수신(盧守愼)이 우의정에 임명된 적이 있었다. 노수신은 을사사화(乙巳士禍) 때 귀양 가 20여 년간 유배생활을 하다가 풀려나 복직된 인물로, 당시 학덕과 문장으로 명망이 높았다. 그런데 우의정이 되자 간사하고 아첨만 일삼는 자들을 등용시키려고 하였다. 이 때문에 동료·후배들에게 신의 없는 사람이라고 비난을 받았다. 유희춘(柳希春)은 친구인 노수신에 대한 사림(士林)의 평을 『미암일기(眉巖日記)』에 사실대로 기록하였다. 하지만 그는 친구로서 노수신에게 신의를 저버리지 않았다.

유희춘은 대인관계에 있어 신의를 중시하였다. 그러나 20여

년간 귀양살이를 하다가 해배·복직되어 조정에 돌아와 보니, 옛 동료들 태반이 신의 없는 사람으로 변한 것을 보고 실망하였다. 특히 그는 귀양살이의 동료이자 믿었던 친구 노수신의 처신을 보고 자신은 신의를 절대로 저버리지 않겠다고 굳게 맹세하였다.

신의란 사람의 말에는 반드시 믿음이 있어야 하며, 사람으로서 지켜야 할 도리·의리를 뜻한다. 공자(孔子)는 '사람이 신의가 없으면 아무짝에도 쓸모가 없다'고 하였다. 신의가 없는 자는 인간으로서 취급할 수 없다는 말일 것이다. 이처럼 신의라는 것은 거짓말을 하지 않고 약속을 반드시 지키는 것이다. 그런데도 대인관계에서 거짓말이나 약속어기는 것을 밥 먹듯이 하는 사람들을 흔히 볼 수 있다. 어찌 이들을 인간으로서 신뢰할 수 있겠는가?

신의가 없는 자들은 인생을 헛살은 자들이다. 그러므로 우리 모두 신의를 생명처럼 여기고 신의 있는 사람이 되자. 화장실 들어갈 때 하고 나올 때가 다르면 되겠는가? 특히 정치하는 사람들이 더욱 그런 것 같다.

※〈참고〉 노수신(盧守愼. 1515~1590) : 본관은 광주(光州), 자는 과회(寡悔), 호는 소재(蘇齋)·이재(伊齋)·암실(暗室)·여지노인(茹芝老人)이다. 대사간, 대사헌, 대제학, 이조판서, 영의정 등을 지냈으며, 시호는 문의(文懿)·문간(文簡)이다. 양재역 벽서

사건으로 19년간 유배생활을 하였다. 양명학을 깊이 연구했다.
저서로는 『시강록(侍講錄)』·『소재집(蘇齋集)』 등이 있다.

11. 공명정대함과 인애(仁愛)를
생활신조로 삼았던 오윤겸

　누구나 사는 동안 어떠한 삶을 살고 어떻게 처신하며 살 것인지에 대해 고민을 안 해 본 사람은 없을 것이다. 만약 고민하지 않고 사는 사람이 있다면 그 사람은 매우 문제가 심각한 사람일 것이다. 자기 이름값도 못하고, 특히 삶의 의미도 모르고 산다면 이런 사람은 제대로 삶을 사는 사람이 아니다.

　우리에게 주어진 100년이란 삶을 의미 있고 보람 있고, 자기에 맞게 즐겁게 즐기면서 살아야 하는데 그게 사실은 그리 만만하지 않다. 이 과정에서 어떠한 처신을 하며 살고, 어떤 생활신조로 사느냐가 중요하다. 만약 생활신조도 없이 흐리멍덩하게 살았다면 그 사람은 별 볼일 없는 삶을 살았다고 본다.

　여기서는 공명정대함과 인애(仁愛)를 생활신조로 삼았던 오윤겸을 소개하려고 한다.

　오윤겸은 선조·광해군·인조 때의 문신으로, 행동과 처신에 있어 언제나 사심을 버리고 공정을 기하고자 했다. 공정은 그의 생활신조였다. 그리고 대인관계에 있어서는 언제나 원만해서 모가 나지 않았으며, 자기 자신을 낮추고 남을 높여서 겸허하고자 했다. 그래서 그는 사람들과 의논 시 극단으로 흐르는 것을 피하면서도 조리가 정연하고, 상대방의 감정을 자극하지 않으면서도 시비(是非)와 사정(邪正)의 판단이 명확했다. 그렇기 때문에 일을 바르게 처리하고 대의를 지키면서도 적을 두지 않았다.

오윤겸은 목민관 생활을 하면서도 공정했고 인애로 다스렸다. 그래서 고을마다 민생의 안정을 기할 수 있었다. 그의 이러한 성품과 처신은 광해군의 폐모(廢母) 논쟁 시 이항복 등 이의를 제기하는 대신들이 귀양 가는 상황에서도 오윤겸은 공정한 발언을 해서 뜻을 굽히지 않았다. 이때 어떤 친구가 오윤겸에게 서신을 보내 묻기를 "이 같은 큰일을 당해서 그대는 장차 어찌할 것인가?" 하고 묻자, 답신하기를 "평생에 배운 바가 오늘에 있다."라고 했다.

오윤겸은 인조 때 이조판서를 두 번 지냈다. 그는 능력 본위로 인물을 뽑았는데, 능력이 있는 자는 등용시키고 능력이 없는 자는 물러나게 했다. 또 청탁을 막기 위해 당상관(堂上官)들을 공청(公廳)에 모아서 각기 인물을 추천하게 하여 이것을 인사에 반영시켰다. 비록 왕이 얘기한 인물이라도 자격이 없는 자는 선발하지 않았다. 이렇게 공정한 인사를 해 한때 많은 유능한 인사들이 진출할 수가 있었다.

사람들은 흔히 바른 말 하는 것을 좋아하지 않는다. 특히 자신을 비방하거나 공격하는 사람에 대해서는 대부분 반드시 보복을 하려고 한다. 그런데 오윤겸은 그렇게 하지 않았다. 당시 형조참의였던 나만갑이 항간에 떠도는 '벼락이 쳐서 능침(목릉(穆

陵)과 혜릉〈惠陵〉)이 붕괴되었다.'는 말을 그대로 받아들여서, 대신이 조사 보고한 것도 인정하지 않고 공격의 화살을 퍼부어 한 나라의 정승으로서 임금을 제대로 보필하지 못하여 하늘이 재앙을 내리게 한 책임을 추궁하는 상소를 올렸다. 이것은 오윤 겸에 대한 심한 모독이요 공격이었다. 이에 인조가 나만갑을 파직시키려 하자, 오윤겸은 나만갑을 구하는 상소(나라를 근심하는 마음과 마음이 공변되었기 때문에)를 올렸다. 이처럼 오윤겸의 생각은 지극히 공정했다. 자신의 이해(利害)는 안중에 두지 않았다. 오직 나라의 앞날을 걱정하는 공변된 마음이 있을 뿐이었다.

공명정대하고 인애하고자 했던 오윤겸의 생활신조를 우리는 배워야 할 것이다. 특히 정치인들과 공무원들은 오윤겸의 이러한 정신을 배워야 할 것이다.

우리는 매스컴을 통해 대통령이나 장관, 도지사 등이 능력과 자질, 전문성이 없는 사람을 보은인사랍시고 별정직 고위 공무원(또는 준공무원)으로 임명하려다 말썽이 생기는 경우를 종종 접하게 된다. 이렇게 문제가 있는 인사임에도 불구하고 강행하는 경우도 있고 취소하는 사례도 있다. 참으로 딱하고 한심스러운 일이다. 독자들은 이를 어떻게 생각하는지?……. 우문현답일지 모르지만, 그 답은 자명하다.

우리 모두 각성했으면 한다. 특히 정치인·고위공무원들은 명심하기 바란다.

※ 〈참고〉 오윤겸(吳允謙. 1559~1636) : 본관은 해주(海州), 자는 여익(汝益), 호는 추탄(楸灘)・토당(土塘). 강원도관찰사, 이조판서, 영의정 등을 지냈으며, 시호는 충간(忠簡)이다. 대동법의 시행을 추진하고 서얼의 등용을 주장했다. 저서로는『추탄선생문집(楸灘先生文集)』・『동사일록(東槎日錄)』・『해사조천일록(海槎朝天日錄)』등이 있다.

12. 왕의 국문(鞠問)에도 당당했던 권필(權韠)

우리는 직장생활을 하면서 상사에게 간언(諫言)을 하는 경우가 종종 있다. 이때 간언을 하는 사람이나 듣는 사람 모두 사심 없이 말하고 들어야 한다. 그런데 실제로는 그렇지 않을 때도 있다. 그것은 말을 어떻게 하느냐에 따라 오해하는 경우도 있기 때문이다. 그러므로 간언을 듣는 사람이 어떻게 받아들이는가 하는 것도 중요하지만, 그보다는 간언을 하는 사람이 어떻게 말을 하느냐가 더 중요하다.

공자(孔子)는 '신하가 임금에게 간(諫)하는 방법에는 휼간(譎諫)·당간(戇諫)·항간(降諫)·직간(直諫)·풍간(諷諫) 다섯 가지가 있다'고 하였다. 그 중에서 직간을 하는 것이 가장 어렵다. 옛날엔 왕한테 직간을 했다가 죽는 경우도 비일비재했다. 그럼에도 불구하고 죽음을 무릅쓰고 왕에게 직간을 서슴지 않았던 사람들도 많다. 중국 위(魏)나라 태무제(太武帝) 때의 고필(古弼)이나, 조선 성종(成宗) 때의 홍흥(洪興) 등이 그 대표적인 인물이라 할 수 있다. 그런데 이들 중에는 머리를 풀어헤치고 신발을 신지 않고 자기 몸을 밧줄로 꽁꽁 묶고 난 뒤에, 다시 도끼를 등에 짊어지고 가서 간한 사람도 있다. 고종(高宗) 때의 최익현(崔益鉉)도 여기에 속하는 인물이다.

이와 관련하여 광해군(光海君) 앞에서 직간을 서슴지 않다가 죽은 권필을 소개하려고 한다. 권필은 선조(宣祖)·광해군 때의 인물로, 강직한 성품의 소유자였으며 당대 제일의 시인이었다. 특히 그는 현실사회의 부조리와 모순을 풍자 비판한 시를 많이 지었다. 그래서 권필을 조선시대의 대표적인 비판시인의 한 사람으로 꼽는다.

1611년 임숙영(任叔英)이 과거시험에서 시정(時政)을 풍자 비판한 글을 쓰자, 광해군이 그 시지(試紙)를 보고는 대로(大怒)하여 임숙영을 삭방(削榜)시켜 버린 일이 있었다. 권필이 이 사실을 알고 분노하여 〈궁류시(宮柳詩)〉를 지어 광해군의 외척 유씨 일가를 풍자 비판한 적이 있었다. 그런데 1612년 김직재의 무옥(誣獄)에 연좌된 조수륜의 집에서 그의 시가 발견되었다. 마침내 권필은 광해군의 친국(親鞫)을 받게 되었다. 이때 권필은 조금도 두려운 기색 없이 광해군에게 임숙영의 사실을 이야기하고, 조정에 직언하는 신하가 없었으므로 이 시를 지어 조정 신하들을 각성케 하기 위한 것이라고 당당하게 말하였다. 이에 광해군은 노발대발하여 권필을 마구 치게 하였다. 유배지 경원으로 출발하던 날, 권필은 동대문 밖 객점에서 장독(杖毒)으로 인해 죽고 말았다. 이때가 그의 나이 44세였다. 불의와 타협할 줄 모르는 권필의 선비적 기상과 절조(節操)정신을 엿볼 수 있다.

존경받는 위정자는 비판 수용에 관대했다는 점에서 동서고금이 다르지 않았다. 그 대표적인 인물로 당태종(唐太宗) 이세

민(李世民)을 들 수 있다. 당태종은 신하들의 간언을 잘 받아들이고 이를 수용한 황제였다. 그래서 그를 중국 역사상 가장 훌륭한 황제 가운데 한 사람으로 꼽고 있다. 특히 당태종에게 간언을 한 신하 가운데 목숨을 걸고 직언을 서슴지 않았던 위징(魏徵)을 주목할 필요가 있다. 위징의 직언에 화가 난 당태종은 한때 그를 죽이려고 한 적이 있었다고 한다. 관용과 포용력이 있었던 당태종조차도 이런 적이 있었다고 하니 더 말할 나위가 있겠는가?

어쨌든 상대방과 자신을 위해서 간언을 하면 받아들여야 한다. 그래야 발전이 있는 법이다. 특히 위정자나 재벌총수의 경우 직언을 받아들이고 언로를 차단해서는 안 된다. 간언을 받아들이지 못하는 위정자나 재벌총수는 지도자로서 자격이 없는 사람들이다.

※〈참고〉 권필(權韠. 1569~1612) : 본관은 안동(安東). 자는 여장(汝章), 호는 석주(石洲). 제술관(製述官), 동몽교관(童蒙敎官)에 임명되었으나 끝내 나아가지 않았다. 임진왜란 때 강경한 주전론을 주장했고, 광해군 때 임숙영(任叔英)이 삭과(削科)된 사실을 듣고 분함을 참지 못하여 〈궁류시(宮柳詩)〉를 지어서 풍자, 비판하였다. 김직재(金直哉)의 무옥(誣獄)에 연루된 조수륜(趙守倫)의 집을 수색하다가 〈궁류시〉가 발견되어, 외척 유희분 일당의 모함으로 연좌되어 귀양 가다가 동대문 밖에서 행인들이 동정으로 주

는 술을 폭음하고는 장독이 도져 이튿날 44세로 죽었다. 조선 중기 제일의 비판시인이다. 저서로는 『석주집(石洲集)』과 한문소설 〈주생전(周生傳)〉·〈주사장인전(酒肆丈人傳)〉·〈곽색전(郭索傳)〉·〈위경천전(韋敬天傳)〉 등이 있다.

13. 체질 파악을 통해
난치병을 고치고자 했던 이제마

　요즈음은 의술이 발달하고 좋은 약들도 많이 나아 어지간한 병은 치료가 가능할 뿐만 아니라, 암도 초기면 완치가 가능하다고 한다. 필자도 10년 전 정기 건강검진에서 후두에 문제가 있다는 통보를 접하고 바로 수술을 해 완치된 적이 있다. 그때 담당 의사에게 마음에서 우러나오는 감사를 표한 적이 있다. 반면 5년 전 보직(학장)을 하다 발병(허리 디스크와 협착 등)해 허리는 수술하면 안 된다는 지인들의 말을 듣고 한의원들을 다니다 차도가 없어 마취통증의학 병원과 정형외과, 종합병원 등을 다녔다. 이마저 신통치 않아 결국에는 지인의 소개로 명의라는 의사한테 시술을 받은 적이 있다. 처음에는 차도가 있는 것 같다가 다시 아파 고생하고 있다. 의사와 환자인 필자가 시쳇말로 운대가 안 맞는 것 같다. 그리고 디스크 전문 의사도 태반은 나이가 있는 50대 이상인 것 같다. 젊은 의사들은 주로 인공관절 수술을 전문으로 하는 사람들이 많다. 이를 어떻게 받아들여야 할까? 세태 때문일까? 잘못 파악한 것일까? 아무튼 필자의 우매한 소견으로는 잘 납득이 되지 않는다. 하기야 의사협회 회장이라는 사람이 대통령에 출마한다고 나서는 세상이니까. 자기가 한다는데 뭐라 말할 것은 아니지만, 코로나 때문에 불만이 있어서 그런 것인지 이해(?)는 가지만 글쎄?……

여기서 얘기하고 싶은 것은 아주 극히 일부지만 수술하지 않아도 되는데 무조건 수술을 하라고 권하는 양심불량의 의사들도 있다는 것이다.(한의사의 경우도 매우 소수지만 실력도 없으면서〈실력이 있는 한의사도 마찬가지〉 치료비를 높게 책정하는 사람들도 있다.) 물론 대부분의 의사들은 히포크라테스 선서를 지키고 있지만.

여기 소개하고자 하는 사람은 사상의학의 개척자요 창시자인 이제마이다. 이제마는 오랫동안 신병으로 고생했다. 그래서 그는 직접 여러 의학 고전에 의거해 많은 약을 써 보았으나 효과가 없었다. 결국 이제마는 사람은 각자 체질이 다르고, 또 체질에 따라 약도 달리 써야 한다는 이치를 깨달았다. 그가 이러한 이치를 발견 완성했을 무렵에는 마치 실성한 사람 같았다고 한다.

이제마와 관련된 유명한 이야기를 소개한다. 어느 날 어떤 처녀가 중한 병으로 진찰을 받으러 왔다. 그러나 이제마는 그 처녀의 체질을 확정할 수가 없었다. 병은 고쳐야 하겠고 그러려면 체질을 판단해야겠는데 실로 난처한 일이었다. 생각다 못한 이제마는 방안에 있는 사람들을 밖으로 내보내고 처녀한테 옷을 한 가지씩 벗으라고 했다. 곡절 끝에 마지막으로 속옷 하나만 남았는데, 처녀는 수줍고 창피하고 부끄러워서 그것만은 못 벗겠다고 하였다. 하기야 당시는 구한말로 유교 윤리를 중시하던 시대였으니 두말하면 잔소리. 그런데 갑자기 이제마는 겁탈하려는 사람처럼 처녀의 속옷을 낚아챘고 처녀는 비명을 지르고 그 자리에 쓰러졌다. 처녀의 알몸을 본 이제마는 무릎을 딱 치면서 "이제야 알았다." 하며 소리를 질렀다. 주위 사람들이 이제마를 미친 사람으로 여겼음은 당연한 일. 어쨌든 이제마는 그 처녀의 체질을 소양(少陽)으로 판단해서 마침내 불치의 병을 고쳤다. 이 유명한 이야기는 실제로 있었던 일이라고 한다. 이제마의 집념과 열정, 사명감 등을 분명하게 알 수 있다. 우리는 실생활을 하면서 이제마의 이러한 정신을 배울 필요가 있다.

코로나로 인해 의료 종사자들이 굉장히 고생하고 있다. 우리는 이들의 희생정신과 책임감·사명감 등을 잊어서는 결코 안 된다. 그리고 정부도 처음에는 대처를 잘 했는데, 나중에는 정치적으로 이용하는 바람에 백신 확보 및 접종 등에 차질을 빚고 헤맨 것 같다. 정신 좀 차려라. 국민이 주인이다. 국민이 무섭지 않은가? 권력은 영원한 것이 아니다. 이 불쌍하고 한심한 인간들아! 제발 사람 목숨 갖고 장난치지 마라. 특히 정치꾼들은 명심하고 각성하기 바란다.

끝으로 의사·간호사 여러분! 히포크라테스 선서·나이팅게일 선서 한대로 변치 말고 행하시길. 그리고 이제마의 정신도 잊지 마시길…….

※〈참고〉이제마(李濟馬. 1837~1900) : 본관은 전주(全州), 자는 무평(懋平)·자명(子明), 호는 동무(東武). 이름이 제마(濟馬)로 알려졌지만, 전주이씨 안원대군파『선원속보(璿原續譜)』에는 그의 이름이 섭운(燮雲), 섭진(燮晉)으로 되어 있다. 서자출신으로, 진해현감을 지냈고, 고원군수로 임명되었으나 부임하지 않았다. 조선 후기의 의학자로 사상의학을 창시한 인물이다. 저서로는『동의수세보원』·『격치고(格致藁)』·『천유초(闡幽抄)』·『제중신편(濟衆新編)』·『광제설(廣濟說)』등이 있다.

14. 조선말 최초의 순국열사(殉國烈士) 이한응

　요즈음도 일본의 몰지각한 인사들이 '독도는 일본 땅'이라고
망언을 하여 우리 국민들을 분노케 하고 있다. 예전에도 그랬지
만 그 본격적 발단은 16년 전 시마네 현 의회가 '다케시마의 날'
조례를 통과시킨 일에서부터 비롯되었다. 그것도 우리 땅 독도
를 자기들 마음대로 시마네 현에 소속(1905. 2. 22)시켜 버린 100
년 되는 해(2005. 2. 22)에 이 같은 짓을 저질렀다. 이에 대해
우리 정부와 국민들이 강력하게 항의하자, 한술 더 떠 주한 일본
대사·주미 일본공사 등 일본 정부 고위관료 및 정치인, 보수언
론과 우익인사들이 독도를 일본 땅이라고 망언을 서슴지 않는가
하면, 자민당 의원이라는 자는 발칙하다며 독도에 자위대 파견
을 하자고 했다. 그런가 하면 일본 외상은 국제사법재판소에 재
판을 의뢰하자고 했고, 문부상은 독도를 자기네 역사교과서에
수록해야 한다는 등 한마디로 몰염치한 망언을 서슴지 않았다.
이 같은 일이 한두 번은 아니었지만, 이런 망언을 하는 일본 정
부나 일본인들은 진심으로 반성과 사죄를 할 줄 모르는 정부요
국민들이다. 참으로 후안무치하고 적반하장이 아닐 수 없다. 일
본의 독도영유권주장은 과거 범죄적 역사에 대한 왜곡과 집요한
과거청산 거부 등 파렴치한 행위를 정당화하려는 속셈과 관련이
있을 뿐만 아니라, 영토야망과 우경화, 독도 주변의 수산자원

및 해저자원(가스·석유)에 대한 욕심 등에서 기인된 것이다. 문제는 이러한 책동과 망언이 일본 정부의 치밀한 계획 하에 이루어진다는데 있다. 그러므로 우리도 이런 망언이 나올 때마다 대응할 것이 아니라, 미리 관련 증거자료를 수집하는 등 치밀한 대비책을 수립하여 강온전략을 병행하면서 대처할 필요가 있다. 이는 중국의 동북공정이나 간도문제도 마찬가지이다. 그렇지 않으면 우리는 일본이나 중국의 전략에 말려 들어갈 수 있다.

금년은 을사늑약(1905. 11. 17)의 치욕을 당한지 116년이 되는 해이다. 그래서 116년 전 주영공사서리로서 망해가는 나라를 구하고자 이역만리 영국 땅에서 고군분투하다 일본의 천인공노할 만행에 통분하여 항거의 표시로 죽음을 택한 순국열사 이한응을 소개하고자 한다.

이한응은 고종 때의 외교관이자 순국열사이다. 그가 생존(1874~1905)했던 시기는 파란곡절이 중첩된 시기였으며, 국내외적으로 많은 변화를 보였던 복잡한 시기였다.

이한응은 관립 영어 학교를 우수한 성적으로 졸업하였을 뿐만 아니라, 사마시에 합격하여 24세부터 관직생활(한성부 주사)을 하였다. 그 후 주차영의양국공관(駐箚英義兩國公館) 3등 참서관(三等參書官)에 임명되어 공사 민영돈과 함께 영국의 수도 런던으로 부임하게 된다. 전통 유학과 영어 등 신학문을 겸비하여 외국무대에서 활동할 수 있는 기반을 갖추고 있었던 이한응은, 이때부터 국제무대에서 자신의 능력을 발휘하게 된다. 더구나 국내 정치에만 관심이 있었던 공사 민영돈이 귀국하자, 이한응은 능력을 인정받아 정3품으로 특진하여 주영공사서리로서 대영 외교의 모든 책임을 혼자 맡게 된다. 그는 쓰러져가는 조선을 살리고자 온갖 노력을 다하였다. 이한응은 조선의 장래가 위험하다는 사실을 파악하고, 일본의 견제와 살해 위협까지 받는 상황에서 독자적인 외교활동을 통해 영국정부에 한반도 중립화 방안을 제시했다. 그러나 영일동맹과 일본의 러일전쟁 승리, 영국정부의 거부 등으로 수포로 돌아가게 된다. 일본의 조선 병합 야욕을 간파한 이한응은 나라를 되살릴 방법이 없는 힘이 없는 상황에서, 굴욕적이고 노예적인 삶을 사는 것보다는 일본의 만행에 항거하기 위해 주영공사관에서 유서를 남기고 자결한다 (1905. 5. 12). 이때가 그의 나이 32세이다. 그의 순국은 각국 외교계에 커다란 충격을 주었으며, 그의 유해는 고종의 특별지시로 귀환하게 된다. 고종은 이한응에게 종2품 내부협판의 벼슬을 추증하고, 장충단에 배향케 하였고, 장충단 공원에 그의 순국비가 세워져 있다. 그의 묘는 현재 고향인 용인에 있다.

이한응은 조선말 순국열사 중 최초의 인물이다. 그의 순국 이후 민영환·조병세·이준 등이 뒤를 이어 자결한다.

우리는 민영환은 알아도 이한응은 알지 못한다. 두 사람 모두 훌륭하지만, 민씨 척족이었던 민영환 보다 순국 1호인 이한응을 더 높이 평가해야 한다. 올해는 이한응이 순국한지 116주년이 되는 해이다.

일본이 독도를 아직도 자기네 영토라고 터무니없는 주장을 하고 있는 작금의 상황에서, 이한응 생존 당시 힘없는 우리나라가 치욕을 당하고, 급기야 강점까지 당했던 일들을 생각하며, 하루빨리 우리나라가 경제대국·군사강국이 되어 그 치욕의 한을 풀어주었으면 하는 바람이다.

※〈참고〉 이한응(李漢應1874~1905) : 본관은 전의(全義). 자는 경천(敬天), 호는 국은(菊隱). 용인 출신. 한성부주사, 관립영어학교(官立英語學校) 교관을 하였다. 영국·벨기에 주차공사관 3등참사관(駐箚公使館三等參事官)에 임명되어 영국 런던으로 부임하였다. 그 후 주영공사 민영돈(閔泳敦)의 귀국으로 서리공사에 임명되어 대영 외교의 모든 책임을 지고 활약하였다. 일본이 한국 정부의 주권을 강탈할 음모를 획책하자 이를 개탄하여 1905년 5월 12일 음독자살하였다. 순국 제1호의 인물이다. 1962년 건국훈장 국민장 추서.

15. 부인의 도리를 다하면서도
자존과 당당함을 잃지 않았던 송덕봉

자식이라면 부모에게 효도하고 싶은 마음은 누구나 다 같을 것이다. 유희춘의 부인이었던 송덕봉, 그녀는 자신도 옛사람들처럼 친정 부모님께 효도하고 싶은 마음을 갖고 있었다. 그래서 송덕봉은 당시 전라감사로 있던 남편 유희춘에게 돌아가신 친정 아버지 묘에 비석을 세우는데 도와 달라고 얘기를 했었는데, 남편이 이를 거절하자 편지〔〈착석문(斲石文 : 비석을 세워 달라는 글)〉〕를 보냈다. 이를 소개하면 다음과 같다.

"천지만물 가운데 오직 사람이 가장 귀한 것은 성현이 교화를 밝히고 삼강오륜의 도를 행하기 때문입니다. 그러나 예로부터 능히 이를 용감하게 행하는 자는 적었습니다. 이 때문에 진실로 뒤늦게나마 부모님께 효도하고 싶은 지극한 마음은 있지만, 힘이 부족해서 소원을 이루지 못하는 사람이 있으면 인인(仁人) 군자(君子)가 불쌍히 여겨 유념하여 구해주고자 하였습니다. 제가 비록 명민하지 못하지만 어찌 강령을 모르겠습니까? 그래서 어버이께 효도하려는 마음을 옛사람을 쫓아 따르고자 하는 것입니다. 당신은 이제 2품의 관직에 올라 삼대(三代)가 추증을 받고, 저 또한 고례(古禮)에 따라 정부인이 되어 조상 신령과

온 친족이 모두 기쁨을 얻었으니, 이는 반드시 선대에 선을 쌓고 덕을 베푼 보답일 것입니다. 그러나 제가 홀로 잠 못 이루고 가슴을 치며 상심을 하는 것은 옛날 돌아가신 우리 아버지께서 항상 자식들에게 말씀하시기를, '내가 죽은 뒤에 반드시 정성을 다해서 내 묘 곁에 비석을 세우도록 하라.'고 하셨는데, 그 말씀이 지금도 귀에 쟁쟁하게 남아 있기 때문입니다. 그런데도 지금까지 우리 아버지의 소원을 이루어 드리지 못하였으니 매양 이것을 생각하면 눈물이 쏟아집니다. 이는 족히 인인(仁人) 군자(君子)의 마음을 움직일만한 일입니다. 당신은 인인(仁人) 군자(君子)의 마음을 갖고 있고 물에 빠진 사람을 구해줄 힘을 갖고 있으면서도 저한테 편지하기를, '형제끼리 사비로 하면 그 밖의 일은 내가 도와주겠다.'고 하니, 이는 무슨 마음입니까? 당신의 청렴한 덕에 누가 될까봐 그런 것입니까? 처의 부모라고 차등을 두어서 그런 것입니까? 아니면 우연히 살피지 못하여 그런 것입니까? 또 우리 아버지께서 당신이 장가오던 날 금슬백년(琴瑟百年)이란 구절을 보고 어진 사위를 얻었다고 몹시 좋아하셨던 것을 당신도 반드시 기억하고 있을 것입니다. 하물며 당신은 저의 지음(知音)으로서 금슬 좋게 백년해로하자면서 불과 4~5섬의 쌀이면 될 일을 가지고 이렇게까지 귀찮아하니 통분해서 죽고만 싶습니다. 경서에 이르기를, '허물을 보면 그 인(仁)을 알 수 있다.'고 하였지만, 남들이 들어도 반드시 이 정도를 가지고 허물로 여기지 않을 것입니다. 당신은 선유(先儒)들의 밝은 가르침에 따라 비록 아주 작은 일일지라도 지극히 선하고 아름답게 하려고 완벽하게 중도에 맞게 하려고 하면서 이제 어찌 꽉 막히고 통하지 않기를 어릉중자(於陵仲子)처럼 하려고 하십니까? 옛날 범중엄(范仲淹)은 보리 실은 배를 부의(賻儀)로 주어 상을 당한 친구의 어려움을 구해주었으니 대인(大人)의 처사가 어떠하였습니까? 형제끼리 사비를 들여 하라는 말은 크게 불가합니다. 저의 형제는 혹은 과부로 근근이 지탱하고 있는 자도 있고, 혹은 곤궁해서 끼니를 해결하지 못하는 자도 있으니 비용을 거둘 수 없을 뿐만 아니라 반드시 원한만 사게 될 것입니다. 『예기』에 이르기를, '집안의 있고 없는 형편에 맞추어 하라.' 하였으니 어떻게 그들을 나무랄 수 있겠습니까? 만약 친정에서 마련할 힘이 있었다면 저의 성심으로 이미 해버렸을 것입니다. 어찌 꼭 당신에게 구차스럽게 청을 하겠습니까? 또 당신이 종성의 만 리 밖에 있을 때 우리 아버지가 돌아가셨다는 말을 듣고 오직 소식(素食)만 했을 뿐이요, 3년 동안 한 번도 제사를 지내지 않았으니 전일(前日) 장가왔을 때, 그토록 간곡하게 사위를 대접해주던 뜻에 보답했다고 할 수 있겠습니까? 이제 만약 귀찮은 것을 참고 비석 세우는 일을 억지로라도 도와준다면 구천(九泉)에 계신 선인(先人)이 감격하여 결초보은하려고 할 것입니다. 저도 당신에게 박하게 대하면서 후하게 대해 주기를 바라는 것은 아닙니다. 시어머님이 돌아가셨을 때 온갖 정성과 있는 힘을 다해 장례를 예(禮)에 따라 치루고 제사도 예(禮)에 따라 지냈으니, 저는 남의 며느리로서 도리에 부끄러운 것이 없습니다. 당신은 어찌 이런 뜻을 생각하지 않으십니까? 당신이 만약 제 평생의 소원을 이루지 못하게 한다면 저는 비록 죽더라도 지하에서 눈을 감을 수 없을 것입니다. 이 모두 지성에서 느끼어 나온 말이니 글자마다 자세히 살피시기 바랍니다."

다소 길지만 글의 전문을 소개했다. 위의 글에서 보듯, 송덕봉은 자식 된 도리를 다하고 삼강오륜을 행하겠다는 의지를 분명히 밝히고 있다. 더구나 남편이 2품 벼슬에, 3대 추증까지 받고, 송덕봉 또한 정부인(貞夫人)이 되었음에도 불구하고, 친정아버지의 유언을 지키지 못하고 있으니 자식으로서 피눈물이 쏟아질 정도로 마음이 아팠다. 그런 절절한 심정 때문에 마음이 항시 편치 못한데 설상가상으로 친정 식구들까지 곤궁하여 비석을 세울 여력도 없다. 그래서 전라감사가 된 남편에게 간곡하게 부탁을 하였지만, 무심하고 완고한 남편은 사비로 하라고 하자, 송덕봉은 마침내 예의를 지키면서도 남편에게 해야 할 말을 조리 있게 언급하고 있다.

송덕봉은 효(孝)와 부도(婦道)를 조화롭게 행하는 가운데 그녀의 소망과 당당함을 내비치고 있다. 마치 이중주를 감상하는 느낌이다. 친정아버지에 대한 효심과 부인으로서의 도리, 이 둘이 조화를 이루고 있다. 그러면서 친정아버지 묘에 비석세우기를 바라는 소망과 함께 남편에게 예의를 갖추면서도 당당함을 잃지 않는다.

이 글에서는 송덕봉의 당차면서도 여장부적인 면이 있는 기질도 엿볼 수 있다. 특히 아내의 도리를 지키면서 남편을 설득시키고자 노력하는 송덕봉의 자세는 오늘날의 여성들에게도 귀감이 된다. 혹자는 송덕봉에 대해 진보적이고 진취적인 인물이라고 평하는가 하면, 성리학적 삶의 실현과 성리학적 지향의 인물이라고 평하기도 한다. 그렇게 볼 수도 있다.

아무튼 송덕봉은 봉건 왕조의 유교사회에서 성리학적인 사고관을 벗어나기도 어렵고 성리학적 삶을 벗어나 살기도 어려운 사람이었다. 그럼에도 송덕봉은 이를 지키면서도 자존과 함께 융통성 있고 당당하고 대범했던 것으로 보인다. 그녀는 신사임당이나 허난설헌 등과는 류(類)가 다른 여성인 것 같다. 다시 말해 당시의 유교 윤리와 전통에 순응하고 따르되, 그것에 무조건적으로 맹종하는 여성도 아니요, 그렇다고 현대적 여성도 아닌 다소 전자에 가까운 절충형 여성으로 보인다. 송덕봉은 당시 유교사회에서 여성으로서 할 도리를 다 하면서 동시에 예의를 지키면서도 당당하게 자기 목소리도 낼 줄 아는 그런 인물이었던 것 같다. 그래서 요즈음 더 주목받는지도 모른다.

※〈참고〉 송덕봉(宋德峯. 1524~1578) : 본관은 홍주(洪州), 휘(諱)는 종개(鍾介), 자는 성중(成仲), 호는 덕봉(德峯). 담양 출신. 선조 때 대표적 학자·문신·제일의 경연관이었던 미암(眉巖) 유희춘(柳希春)의 부인이다. 송덕봉은 학문과 문학(특히 시)에 뛰어났다. 저서로는 『덕봉집(德峯集)』 등이 있다.

Ⅱ
―

우리 옛사람들의 글을 통해 배우는
삶의 지혜와 교훈

1. 〈슬견설(蝨犬說)〉(이규보)

어떤 손(客)이 나에게 이런 말을 했다. "어제 저녁엔 아주 처참한 광경을 보았습니다. 어떤 불량한 사람이 큰 몽둥이로 돌아다니는 개(犬)를 쳐서 죽이는데, 보기에도 너무 참혹하여 실로 마음이 아파서 견딜 수가 없었습니다. 그래서 이제부터는 맹세코 개나 돼지의 고기를 먹지 않기로 했습니다." 이 말을 듣고, 나는 이렇게 대답했다. "어떤 사람이 불이 이글이글하는 화로를 끼고 앉아서, 이(蝨)를 잡아서 그 불 속에 넣어 태워 죽이는 것을 보고, 나는 마음이 아파서 다시는 이를 잡지 않기로 맹세했습니다." 손이 실망하는 듯한 표정으로, "이는 미물이 아닙니까? 나는 덩그렇게 크고 육중한 짐승이 죽는 것을 보고 불쌍히 여겨서 한 말인데, 당신은 구태여 이를 예로 들어서 대꾸하니, 이는 필연코 나를 놀리는 것이 아닙니까?" 하고 대들었다. 나는 좀 더 구체적으로 설명할 필요를 느꼈다. "무릇 피와 기운이 있는 것은 사람으로부터 소, 말, 돼지, 양, 벌레, 개미에 이르기까지 모두가 한결같이 살기를 원하고 죽기를 싫어하는 것입니다. 어찌 큰놈만 죽기를 싫어하고, 작은 놈만 죽기를 좋아하겠습니까? 그런즉, 개와 이의 죽음은 같은 것입니다. 그래서 예를 들어서 큰 놈과 작은 놈을 적절히 대조한 것이지, 당신을 놀리기 위해서 한 말은 아닙니다. 당신이 내 말을 믿지 못하겠으면 당신의 열 손가락을 깨물어 보십시오. 엄지손가락만이 아프고 그 나머지는 아프지 않습니까? 한 몸에 붙어 있는 큰 지절(支節)과 작은 부분이 골고루 피와 고기가 있으니, 그 아픔은 같은 것이 아니겠습니까? 하물며, 각기 기운과 숨을 받은 자로서 어찌 저 놈은 죽음을 싫어하고 이놈은 좋아할 턱이 있겠습니까? 당신은 물러가서 눈 감고 고요히 생각해 보십시오. 그리하여 달팽이의 뿔을 쇠뿔과 같이 보고, 메추리를 대붕과 동일시하도록 해 보십시오. 연후에 나는 당신과 함께 도를 이야기하겠습니다."라고 했다.

〈슬견설〉

〈슬견설〉은 '이(虱)와 개(犬)의 죽음에 대한 이야기'로, 이규보의 『동국이상국집(東國李相國集)』에 실려 있다. 개와 이의 죽음을 둘러싼 '객'과 '나'와의 두 사람의 대화로 이루어지고 있다. 주 내용은 객의 일상적인 생명체의 죽음에 대한 그릇된 인식에 대한 내용이다. 개는 인간에게 많은 이로움을 주지만 이(蝨)는 이로움을 주지 않기에 우리의 구체적인 생활로 보면, 개와 이를 차별하는 것은 어쩌면 당연할지도 모른다. 개와 이가 똑같이 처참하게 죽는 것을 본다 하더라도 그 느낌이 같을 수는 없을 것이다. 이런 측면에서 보면, 손님과 나의 관점은 대조적이라 할 수 있다. 작자는 개와 이의 죽음을 통해 선입견이나 편견을 가지고 사물을 보지 말아야 한다는 교훈을 제시하고 있다. 다시 말해 선입견이나 편견을 버리고 현상의 이목을 꿰뚫어 보는 안목을 갖추어야 사물의 본질을 올바로 볼 수 있음을 깨우쳐 주고 있다. 뿐만 아니라 모든 생명체의 죽음은 동일하다는 인식태도와 생명의 소중함도 언급하고 있음을 엿볼 수 있다.

요즈음 사람들을 보면, 한쪽으로 치우친 사고를 가진 사람이 예전보다 좀 많은 것 같다. 특히 정치인들의 경우가 더 그렇다. 편협하거나 편벽된 사고를 가진 정치인들이 부지기수이다. 이들 중 태반은 2분법적 사고에 빠져 있는 것 같다. 적 아니면 동지 둘 중에 하나이다. 이는 좌·우파, 진보·보수 모두 똑같다. 이런 생각을 가진 정치꾼들이 정치를 한답시고 설쳐 되니 나라가 개판(?) 일보 직전이다. 말로는 국가와 국민을 위한다고 하는데 그런 정치인은 필자가 보기엔 한 명도 없는 것 같다. 백범 김구 같은 사람이 없다는 얘기다. 이들을 빨리 퇴출시켜야 하는데 너무 많아서 문제다. 언제 가능할지?

예전에 어떤 범죄자가 '유전무죄(有錢無罪) 무전유죄(無錢有罪)'라는 말을 하여 지금도 사람들의 입에 오르내리고 있다. 사람이 죄를 지으면 지위고하나 빈부귀천을 막론하고 누구나 똑같이 법대로 처벌을 받아야 한다. 법은 만인에게 평등한 것이다. 그런데도 오늘날은 어떠한가? 세상이, 이 나라가 제대로 작동하고 있다고 믿지만……. 필자는 우문(愚問) 했고, 독자들은 현답(賢答)인 것을 재론한 것일까?

그리고 안락사 시행여부에 대한 찬성 반대로 논란이 많다. 외국에서는 시행하는 국가들도 있지만. 인간의 생명은 소중하나 자신이 편안하게 죽을 권리도 있다고 말하는 사람도 있다. 틀린 얘기는 아니다.

우리 모두 편벽된 사고를 버리고 살자. 흑백논리와 2분법적 사고에 경도(傾倒)되지 말고, 조화의 원리・중용지도를 지키며 살자. NA와 CL은 따로 먹으면 죽는다. 그러나 합치면 NACL, 우리 실생활에 꼭 필요한 소금이 된다. 이것이 조화의 원리요, 중용지도이다. 우리는 서로를 인정하고 존중하는 세상을 만들며 살아가야 한다. 이는 우리의 책임과 의무이다. 우리 모두 생명의 소중함을 알고 100년의 삶을 의미 있고 보람 있고 즐겁게 열심히 살자.

※〈참고〉이규보(李奎報, 1168년~1241년) : 본관은 황려(黃驪, 지금의 여주), 초명은 이인저(李仁氐). 자는 춘경(春卿). 호는 백운거사(白雲居士)・지헌(止軒)・삼혹호선생(三酷好先生). 국자좨주한림시강학사, 참지정사, 문하시랑평장사 등을 지냈으며, 시호는 문순(文順)이다. 고려시대 대표적인 문인 가운데 한 사람이다. 저서로는 『동국이상국집(東國李相國集)』・『동명왕편(東明王篇)』 등이 있다.

2. 〈요통설(溺桶說)〉(강희맹)

시장 통의 후미진 곳에다 관가에서 오줌통을 설치해 두고는 시장 사람들이 급할 때 이용할 수 있게 하였는데, 선비로서 몰래 그 곳에다 오줌을 누는 자는 불결죄(不潔罪)를 받는다. 시장 근방에 사는 어떤 양반집에 변변치 못한 아들이 있었는데 몰래 그 곳에 가서 오줌을 누었다. 그의 아버지가 알고 호되게 야단쳤으나 아들은 듣지 않고 늘 상 그 곳에다 오줌을 누었다. 오줌통을 관리하는 자가 금지시키고자 하였으나 그 아비의 위세에 눌려서 감히 말도 못 꺼내고 있었다. 온 시장 사람들이 모두 그르게 여기는데도 아들은 오히려 무슨 수나 난 것처럼 여겼다. 행실을 조심하느라 그 곳에다 오줌을 누지 못하는 자가 있으면 도리어 그를 비웃으면서, "겁쟁이 같으니. 뭐가 겁난단 말인가. 나는 날마다 누어도 탈이 없는데, 뭐가 겁난단 말인가." 하였다. 아버지가 그 행실을 듣고 아들을 꾸짖기를, "시장은 많은 사람들이 모여드는 곳인데, 너는 양반집 자식으로 백주 대낮에 그 곳에 오줌을 누다니, 부끄럽지도 않으냐. 남들이 천하게 보고 싫어할 뿐만 아니라 화가 따를 지도 모르는데, 뭐 좋을 것이 있다고 그런 짓을 하느냐." 하였다. 아들은 "저도 처음에는 그 곳에다 오줌을 누는 선비를 보면 얼굴에 침을 뱉으며 욕하였는데, 하루는 오줌이 몹시 마려워 그 곳에다 오줌을 누어 보니 몹시 편하였습니다.

그 후부터는 그 곳에다 오줌을 누지 않으면 마음이 불안합니다. 처음에는 사람들이 제가 그 곳에다 오줌을 누는 것을 보고는 모두 비웃더니 차차 비웃는 자가 줄어들고 말리는 자도 없어졌습니다. 지금은 여럿이 곁에서 보더라도 비난하는 사람이 없습니다. 그러니 제가 그 곳에 오줌을 눈다 해서 체면이 깎이는 것이 아닙니다." 하였다. 아버지는 "큰일이다. 네가 이미 사람들에게 버림받고 말았구나. 처음에 사람들이 모두 비웃었던 것은 너를 양반집 자식으로 여겨 네가 행실을 고치기를 바라서였던 것이다. 중간에 차츰 드물어지긴 했어도 그 때까진 그래도 너를 양반집 자식으로 여긴 것이다. 지금 곁에서 보고도 아무도 나무라지 않는 것은 너를 사람으로 보지 않기 때문이다. 생각해 보아라. 개나 돼지가 길바닥에 오줌을 싸는 것을 보고 사람들이 비웃더냐. 못된 짓을 하는데도 사람들이 비웃지 않는 것은 너를 개돼지로 보기 때문이다. 너무도 슬픈 일이 아니냐." 하자, 아들은 "다른 사람들은 그르다고 하지 않고 아버님만 그르다고 하시는데, 대체로 소원(疏遠)한 자는 공정하고 친한 자는 사정을 두는 법입니다. 어째서 남들은 그르다고 하지 않는데 아버님께서는 도리어 저를 나무라신단 말입니까?" 하니, 아버지가 "공정하기 때문에 네가 그른 행동을 하는 것을 보고는 사람 취급을 안 해 아무도 나무라지 않는 것이다. 그러니 그 기미가 너무도 참혹하지 않느냐. 사사로운 정이 있기 때문에 네가 그른 행동을 하는 것을 보고는 마음이 아파서 행여나 뉘우치지 않을까 하는 것이다. 그러니 그 정상이 너무도 애처롭지 않느냐. 네가 한번 생각해 보라. 세상에 부모 없는 자에게는 훈계해 주는 사람이 없는 법이다. 내가 죽은 뒤에는 내 말뜻을 알게 될 것이다." 하였다. 그 말을 듣고는 아들이 나가서 남들에게 말하기를, "노인네가 잘 알지도 못하고 나만 나무란다." 하였는데, 얼마 후에 아버지가 세상을 떠났다. 아들이 예전에 오줌 누던 곳에 가서 오줌을 누는데, 갑자기 뒤통수에 바람이 일더니 누군가가 그의 이마를 후려쳤다. 한동안 정신을 잃고 쓰러졌다가 깨어나 후려친 자를 잡고 따지기를, "어떤 죽일 놈이 감히 이런 짓을 하느냐. 내가 여기에다 오줌 눈 지 10년이나 되었는데도 온 시장사람들이 아무소리 안 했는데, 어떤 죽일 놈이 감히 이러느냐?" 하니, 후려친 자가, "온 시장 사람들이 참고 있다가 이제 서야 분풀이를 하는 것인데, 네놈이 아직도 주둥아리를 놀리는가?" 하고는, 꽁꽁 묶어서 시장 한복판에 놓고는 돌을 마구 던졌다. 그 집에서 떠메고 돌아왔는데, 한 달이 넘도록 일어나지를 못하였다. 아들은 그제 서야 아버지의 훈계를 생각하고는 슬피 울면서 자신을 책하기를, "아버님 말씀이 꼭 맞았구나. 웃음 속에 칼날이 숨겨져 있고 성냄 속에 사랑이 담겼다더니, 이제 와서 아무리 아버님의 말씀을 듣고자 해도 들을 길이 없구나." 하면서, 관 앞에 머리를 조아리며 전의 못된 행실을 고치기로로 마음먹고 마침내 착한 선비가 되었다.

〈요통설〉

〈요통설〉은 '오줌통에 관한 이야기'로 강희맹의 『사숙재집(私淑齋集)』의 「훈자오설(訓子五說)」에 실려 있다. 시장에는 급한 사람들을 위해 오줌통을 설치했지만, 양반집 자제들은 이용할 수가 없었다. 그런데 시장 부근에 사는 양반의 못난 아들이 몰래 오줌을 누곤 했다. 아버지가 엄히 금해도 듣지 않고, 관리인도 위세에 눌려 말리지 못했다. 아들은 무슨 대단한 일인 양 여겨 오줌 누지 못하는 사람들을 비웃으며 부추겼다. 문제 상황을 만들은 것이다. 아버지가 아들의 방자함을 전해 듣고 꾸짖었다. 아들은 처음과 달리 사람들이 보고도 비난하지 않는다고 항변했다. 아버지는 아들이 이미 남에게 버림을 받았다고 슬퍼했다. 아들은 아버지가 사사로운 정을 가지고 자기를 나무란다고 여겼다. 소원한 자들은 냉정하므로 그른 짓을 보고 아예 상대하지 않는 것이요, 부모는 사사로운 정이 있어 만에 하나 회개하기를 바라고 훈계하는 것이라고 아버지가 타일렀다. 아들은 늙은 아버지가 견문이 좁아 자기를 금한다고 불평했다. 이처럼 상황은 점점 갈등 상황으로 번져 나갔고, 아버지의 꾸짖음 속에서 아들은 반발하면서 문제를 키워 나갔다. 그런데 얼마 후 아버지가 죽었다. 아들은 예전처럼 오줌을 누다가 사람들에게 뒤통수를 맞고 기절했다. 깨어나서는 자기가 10년 동안 별 일 없이 오줌을 누었다며 항변하다가 뭇 시림들에게 몰매를 맞고 겨우 살아났다. 아들은 뒤늦게 아버지의 훈계가 옳았음을 깨닫고 예전

버릇을 고쳐 착한 선비가 되었다는 이야기이다. 양반의 자제가 평판 때문에 목숨을 잃을 수도 있음을 이야기 자체로 진술하여 충격을 주고 있다. 작자는 우의적인 수법을 통해 독자들에게 흥미와 함께 삶을 살아가는데 지혜와 교훈을 주고자 했던 것으로 보인다.

오늘날의 우리의 현실을 보는 듯하다. 젊은이들이 '헬조선'이라고 하는 것이 시장 통의 오줌통과 무엇이 다를까? 나라에서 만들어 준 오줌통인데, 평등권의 차원에서 양반이라고 못쓸 이유가 무엇인가 반문할 수도 있다. 시장을 못 떠나는 사람들이 쓰라는 오줌통이다. 평등, 권리 등을 따지는 것보다 정해진 질서가 있는 법이다. 오늘의 우리 현실은 말리는 사람도 없고, 제 말만 앞세우기 일쑤이다. 그리고 어른이 없는 사회가 되고 말았다. 이러다 보니 어른을 존중할 줄도 모른다. 예전에 모 대통령 후보가 선거유세 중에 '늙으면 죽어야 한다.'는 막말을 했다가 개망신을 당한 적이 있다. 지금 그 사람은 정치판에서 거의 도태되다시피 했고, 노인이 되었다. 말 실수였다고 하지만 다시 묻고 싶다. 지금도 그러하냐고? 이런 사람들이 한 둘이 아니니 문제이고, 그래서 우리 사회가 점점 병들어 가고 있는 것이다. 가정교육, 학교교육이 그 원인 중 하나라고 생각한다.

사람이 항상 젊은 것은 아니다. 세월이 흐르면 자신도 노인이 된다. 필자도 엊그제 같은데 벌써 60대 후반의 나이가 되었다. 인생은 경험이다. 나이를 폼(?)으로 먹는 게 아니다. 노인들도 젊은 시절을 다 거친 사람들이다. 그러니 젊은이들은 어른, 특히 부모님 말씀 잘 새겨듣고 살아계실 때 효도하기 바란다. 죽은 뒤에 후회해봤자 때는 늦으리라. 그리고 요즘 부권(父權)이 있는지 없는지도 잘 모르겠다.

끝으로 오줌통 얘기가 나왔으니 화장실 얘기도 좀 해야겠다. 우리나라도 공중변소(화장실)가 1960~1970년대만 해도 더러웠다. 지금은 깨끗하다. 필자가 30여 개국을 여행했지만, 우리나라 공중화장실은 다른 어느 나라보다 깨끗하다. 외국, 특히 유럽 국가들 대부분은 돈을 내고 화장실을 사용한다. 우리나라는 공짜이다. 그리고 선진국이라는 나라들 공중화장실은 우리나라 보다 덜 깨끗하다. 공중화장실만 놓고 보면 문화선진국(?)이다. 외국 여행객들이 우리의 공중화장실(불가〈佛家〉에서는 '해우소〈解憂所〉라고 한다. 근심을 푸는 장소이니 맞는 말이다. 이 말이 더 멋있는 것 같지만…….)을 사용하고는 놀란다. 공짜에다 깨끗하니 '원더풀'이란다. 우리 모두 공중보건에 신경 쓰면서 화장실을 깨끗이 사용하자.

아무튼 〈요통설〉은 우리에게 주는 메시지가 분명하다. 가슴에 담아두기를…….

※〈참고〉강희맹(姜希孟. 1424~1483) : 본관은 진주(晉州), 자는 경순(景醇). 호는 사숙재(私淑齋)・국오(菊塢)・운송거사(雲松 居士)・만송강(萬松岡). 예조정랑, 병조・예조・이조판서, 좌찬 성 등을 지냈으며, 시호는 문량(文良)이다. 경사(經史)와 전고 (典故)에 통달했던 당대의 뛰어난 문장가였으며, 서화에도 뛰어 났다. 부지런하고 치밀한 성격으로 공정한 정치를 했고 박학다 식하다는 말을 들었다. 소나무 및 대나무 그림과 산수화를 잘 그렸다고 알려져 있는데, 현재 일본의 오쿠라 문화재단에 〈독조 도〉가 남아 있다. 『세조실록』・『예종실록』,『경국대전』편찬에 참여했다. 저서로는『사숙재집(私淑齋集)』・『금양잡록(衿陽雜 錄)』・『촌담해이(村談解頤)』등이 있다.

3. 〈흑우설(黑牛說)〉(성현)

종묘사직의 제사에 검은 소를 희생으로 바치는 것은 예로부터 내려오는 제도이다. 그런데 희생에 알맞은 소가 드물고, 완전하게 털이 검은 소를 구하기는 더더욱 어려웠다. 조정에서는 전생서(典牲書)를 설치하여 그 일을 주관하게 하고, 만일 희생에 알맞은 소를 한 마리 바치는 자가 있으면 말 세 마리로 소 값을 쳐주었다. 이 때문에 그 이득을 노리고 비싼 값으로 검은 소를 사서는 권세 있는 집에 가 청탁을 하는 사람들이 많았다. 희생에 쓸 소를 계약하는 날이 되면 자신의 소를 바치려고 사람들이 구름같이 모여들어 관청의 문 앞은 시장처럼 북적거렸다. 그렇지만 필요한 소는 한 마리뿐이므로 수많은 사람들 가운데에 한 사람만이 소를 바칠 수 있었다. 용산(龍山) 땅의 어느 달관(達官)이 말이 없어 늘 근심하다가 베 20필로 소를 한 마리 샀다. 온몸이 칠흑처럼 검고 키가 한 길이나 되는 놈이었다. 소를 잘 기르는 사람에게 맡겨서 기르게 하면서, 사육하는 데에 드는 비용은 염두에 두지 않았다. 그렇게 한 해 겨울을 부지런히 먹이고 나니, 살이 올라 상등품 희생 소가 되었다. 그 소를 전생서 관원에게 보였더니, '아주 훌륭하다.'고 하였다. 달관은 기뻐하며, 이제 뜻한 바를 이루게 되었다고 여겼다. 어느 날 전생서 제조(提調)가 관사에 앉아서 소를 고르는데, 한 소년이 편지를 올리며 제조에

게 귓속말로 뭔가를 알리고는 또 술을 갖고 와서 소를 맡은 담당
자와 소 우리 안에서 함께 술을 마셨다. 이윽고 전생서 관원이
들어와서 먼저 달관의 소를 들여오게 하였다. 제조가 소를 맡은
담당자를 돌아보며 어떠냐고 물으니, 담당자가 "소의 몸집이 우
람하기는 해도 병이 들었으니 희생에 쓰지 못하겠습니다." 하니,
제조가 고개를 끄덕였다. 소년이 소를 몰고 앞으로 나아갔다.
그 소는 작고 비쩍 말랐는데, 담당자는 "소가 비록 몸집이 작기
는 해도 달포쯤 잘 먹이면 희생으로 쓸 만합니다." 하였다. 제조
가 웃으며 그 소를 받기로 하고, 장부에다 적었다. 관원이 항의
를 하였으나 소용없었다. 몹시 실망한 달관이 소를 도로 팔려고
하니, 사람들이 모두 "소가 병이 들어서 퇴짜를 맞았으니 희생에
도 쓰지 못하며, 농사에도 적합하지 않으니, 사서 무엇에 쓰겠는
가."라고 하였다. 여러 날 지나도록 팔지를 못하다가 결국 반값
에 남에게 넘기고 말았다. 종묘와 사직의 제사에 쓰이는 희생은
신하된 자라면 반드시 유의를 해야 한다. 그리고 제조는 조정에
서 함께 벼슬하는 처지로서 간사한 사람의 청탁은 따르고 달관
의 말은 듣지 않아, 받아들여서는 안 되는 소를 받아들이고 물리
쳐서는 안 되는 소를 물리쳤다. 그러한 짓은 나쁜 풍습을 조장할
뿐만 아니라 하늘을 업신여기며 경건한 마음을 잃어버린 것이
다. 대체로 군자와 소인이 송사를 하면 사리에 맞는 군자는 대부
분 지고 사리에 맞지 않는 소인이 오히려 이긴다. 이것은 모두가

뇌물 탓이다. 옛말에도 '높은 사람에게 잘 보이기보다는 차라리 가까이 있는 실무자에게 아첨하는 편이 낫다.'고 하였는데, 그 말이 빈말이 아니다.

〈흑우설〉

〈흑우설〉은 '뇌물 먹은 소에 대한 이야기'로 성현의 『허백당 집(虛白堂集)』의 「설조(說條)」에 실려 있다. 종묘사직의 제사에 검은 소를 희생으로 바치는 것은 예로부터 내려오는 제도이다. 그런데 희생에 쓸 검은 소를 구하기가 어려웠다. 조정에서는 전 생서(典牲書)를 설치하여 그 일을 주관하게 하였는데, 검은 소 구매를 위해 전생서 관리나 담당자들에게 뇌물과 청탁이 오갔 다. 결국 뇌물이나 청탁도 전생서의 높은 관리에게 하기 보다는 결정을 하는데 핵심 역할을 하는 담당 실무자에게 하는 것이 낫 다는 내용이다. 작자는 〈흑우설〉을 통해 전생서의 부정과 당시 의 현실과 세태에 대해 비판을 하고 있다.

옛날이나 지금이나 관청에 뇌물을 주고 청탁을 하는 일은 빈도수에 차이는 있을지 몰라도 변하지 않은 것 같다. 요즘도 위의 내용과 유사한 사례들이 있는 걸로 안다. 담당 부서의 책임 자인 고위 공무원이나 담당 공무원들이 뇌물을 받고 편의를 봐 주었다가 구속당했다는 소식을 언론을 통해 접할 수 있다. 뇌물 을 주고 청탁하는 사람이나 뇌물을 받고 청탁 받은 일을 처리해

주는 공무원도 나쁘다. 이런 일이 완전히 사라졌으면 좋겠지만, 사람 사는 세상에서 그렇게 되기가 쉽지 않다. 그럼에도 불구하고 우리는 국민으로서 공명정대하고 청렴한 사회를 만들어 가야야 할 책임과 의무가 있다. 우선적으로 공무원 사회만이라도 이렇게 만들어야 한다. 필자도 14~15년 전, 26년 동안 살았던 아파트가 재개발(후일 공원으로 됨. 당시 필자가 살던 아파트는 18평 정도의 서민 아파트였음)이란 미명 아래 철거되는 과정에서 구청에 철거 동의서 등 관련 서류 제출 시 자식뻘 되는 담당공무원에게 시민·주민으로서 당연히 해야 할 말(서류 접수 시 접수증을 안 줘서 달라고 했고, 묵묵부답이라 당신이라 했더니 당신이라고 했다고 날 뛰어 자식 같은 사람에게 당신이란 말이 잘못된 것이냐? 공무원님이라고 말해야 되냐? 했음)을 했다가, 자식뻘의 담당공무원이 소리를 질러 어이가 없고 화가 나서 야단을 치니까 주위의 동료 공무원들이 죄송하다고 하면서 원래 그런 사람이니 참으시라고 한 적이 있었다. 이 일로 나중에 불이익을 당했던 것 같다. 그 당시 필자처럼 접수증을 달라고 한 아파트 거주자 5명도 불이익 비슷한 걸 당했다는 얘기를 후일 들은 적이 있다. 지금도 이때를 생각하면 도저히 잊을 수가 없다. 뇌물을 받거나 친절하지 못하고 시민을 깔보고 거만한 이런 공무원들은 퇴출시켜야 한다.

〈흑우설〉은 우리가 사회생활·직장생활 시 교훈으로 삼을 필요가 있다. 우리 모두 밝고 깨끗한 사회를 만드는데 앞장서자.

※〈참고〉성현(成俔. 1439~1504) : 본관은 창녕(昌寧), 자는 경숙(磬叔), 호는 용재(慵齋)·허백당(虛白堂). 예문관수찬, 대사간, 강원도관찰사, 대사헌, 한성부판윤, 예조·공조판서 등을 지냈으며, 시호는 문대(文戴)이다. 시문에 능하여 가형(家兄)인 성임(成任)을 수행하여 연경을 다녀와서『관광록(觀光錄)』을 지었고, 음악에 조예가 깊어 예조판서로서『악학궤범(樂學軌範)』을 편찬하는 등의 업적을 남겼다. 저서에『용재총화(慵齋叢話)』·『허백당집(虛白堂集)』·『부휴자담론(浮休子談論)』등이 있다.

4. 〈묘포서설(猫捕鼠說)〉(최연)

내가 세든 집에 사람을 무서워하지 않는 쥐들이 살고 있었다. 그 쥐들은 항상 밝은 대낮에 떼 지어 다니며 제멋대로 갖은 횡포를 누렸으니, 침상(寢牀) 위에서 수염을 쓰다듬는가 하면 혹은 문틈으로 머리를 내밀기도 하고, 담벼락을 뚫고 농짝에 구멍을 내어 집안에 온전한 구석이 없으며 옷을 담은 상자나 바구니를 마구 갉아 옷걸이에 성한 옷이 없었다. 심지어 부엌문을 밀치고 들어가 음식을 덮어둔 보자기를 들치고서는 사발을 딸그락거리고 항아리를 핥는가 하면 곡식을 먹어치우고 책상을 갉으며 시렁에 올려둔 귀한 책까지도 모조리 쏠아 망가뜨리는데, 얼마나 날쌔고 빠른지 정신을 못 차릴 정도였다. 그놈들은 항상 줄기차게 오르내리고 끊임없이 드나들며 밤새도록 시끄럽게 뚱땅거리므로 벽을 치며 고함을 질러도 조금도 무서워하지 않아, 슬그머니 일어나 몽둥이를 집어던져 놀라게 하면 잠시 엎드려 있다가 곧 다시 일어났다. 쥐구멍에 물을 붓자니 담벼락이 허물어질까 염려되고, 불을 지르자니 집이 탈까 염려되고, 돌멩이를 던지자니 그릇이 깨질까 염려되어 손으로 때려잡아볼까 하였으나 구멍 속으로 숨어버렸다. 애석하게도 나에게는 당(唐)의 두가균(杜可均)이 사용한 부적(符籍)도 없고, 송(宋)의 소동파(蘇東坡)가 지녔던 신검(神劍)도 없으니, 나의 물건이 손상되는 것만이 염려될 뿐만 아니라 내 몸이 물어 뜯기지나 않을까 두려웠다. 나는 몹시 걱정하던 끝에 이웃집에서 고양이 한 마리를 빌려와 으슥한 곳에 놓아두고 쥐를 잡게 하였더니, 그 고양이는 쥐를 물끄러미 쳐다보기만 할 뿐 전혀 잡으려들지 않았고 뿐만 아니라 오히려 쥐들과 한 패가 되어 장난을 하니, 쥐들은 쥐구멍 앞에 떼 지어 모여 거침없이 더 심하게 횡포를 부렸다. 나는 한숨을 쉬며 탄식하기를 '이 고양이는 편히 사람의 손에서 길러져 제 할 일을 게을리 하니 말하자면 나라의 법관이 부정한 짓을 한 자를 제재하는 일에 힘쓰지 않고 장수가 적을 방어하는 일에 태만한 것과 무엇이 다르랴.' 하며 한참 동안 개탄하다가 실의에 빠져 이곳을 떠나야겠다는 생각을 하였다. 그런지 며칠 후, 어떤 사람이 와서 하는 말이 '우리 집에 고양이가 있는데 매우 사납고 날쌔어 쥐를 잘 잡는다.' 하므로 그 놈을 부탁하여 데려와 보니, 부릅뜬 눈동자는 금빛이 번쩍이고 무늬 진 털빛은 표범의 가죽 바로 그것이었는데, 날카로운 이빨과 발톱으로 밤낮으로 집 주위를 맴돌며 살피고, 쥐구멍 가까이 가서는 조용히 코를 대보아 쥐 냄새를 맡으면 꼼짝하지 않고 버티고 앉아서 허리를 웅크린 채 공격할 자세를 취하고 있다가 쥐 수염이 구멍 입구에서 흔들거리는 것을 보자마자 쏜살같이 달려들어 머리를 깨부수고 창자를 끌어내며 눈알을 파내고 꼬리를 잡아 빼버리니, 10여 일이 채 안되어 쥐떼가 잠잠해졌다. 그리하여 그들이 지닌 공중을 날고 나무를 타고 헤엄을 치고 구멍을 뚫고 잽싸게 달리고 하는 잔재주를 부리지 못하게 되니, 방으로 드나들던 구멍이 말끔해지고 저들이 살던 굴의 입구에는 거미줄이 쳐짐으로써 그전에 찍찍거리며 갖은 횡포를 부리던 자취가 깨끗이 사라져 집기며 의류 등 물건이 하나도 손상을 입지 않았다. 대체로 쥐는 본디 숨어사는 동물로서 항상 사람을 무서워한다. 전에 그처럼 횡포를 부리고 피해를 끼친 것은 그것들이 어찌 깊은 꾀와 뱃심이 있어 사람을 깔본 것이겠는가. 대저 사람이 그것들을 막는 방법을 몰랐기 때문에 그처럼 멋대로 굴었던 것이다. 아! 사람은 쥐보다 슬기로운데도 쥐를 막지 못했고, 고양이는 사람보다 슬기롭지 못한데도 쥐는 고양이를 무서워하였으니, 하늘이 만물을 세상에 내면서 이처럼 제각기 할 일을 부여하였다. 돌이켜 보면 만물의 영장인 인간으로서 명예를 훔쳐 의리를 좀먹고 이익을 탐하여 남을 해치는 짓을 쥐새끼보다 심하게 하는 자들이 많으니, 국가를 위하여 일하는 사람은 어찌 그들을 제거할 방법을 생각지 않을 수 있겠는가. 나는 고양이가 쥐를 잡는 것을 볼 때 마치 부정한 자를 제거하는 것과 비슷하였으므로 마음속에 느낀 점이 있어 이 글을 쓴다.

〈묘포서설〉

〈묘포서설〉은 '설쳐대는 성가신 쥐를 소탕한 사나운 고양이 이야기'로 최연의 『간재집(艮齋集)』에 실려 있다. 집안을 제멋대로 돌아다니며 갉아먹는 쥐들과 이들을 잡기 위해 이웃집에서 빌려온 고양이는, 쥐들을 잡기는커녕 도리어 그들과 한 패가 되어 집안을 더욱 엉망으로 만들어버리고 말았다. 여기서 고양이는 정권의 획득이나 자기 세력의 이익과 명예에만 관심을 갖고 있던 권신(權臣)들을 비의((秘義)하고 있다. 부조리한 정치현실을 바로 잡기 위해서는 우국충정으로 국가를 위해 온 몸을 바칠 인물(충신)이 필요한 것이고, 이러한 인물은 집안에서 쥐를 몰아낸 사나운 고양이로 형상화되었다.

요즈음 정치판을 보면, 〈묘포서설〉에 나오는 쥐와 노는 이웃집서 빌려온 고양이와 흡사한 인간들이 있다. 특히 1980년대 민주화운동에 앞장섰던 소위 운동권 출신(진보세력이며, 태반은 좌파)들 가운데 정계·관계 등에 진출해서 쥐와 노는 고양이 짓을 하는 사람들이 있다. 물론 다 그런 것은 아니고 일부지만. 어쨌든 운동권 출신들은 안 그럴 줄 알았다. 그런데 '중이 고기 맛을 알면 절간에 빈대가 사라진다.'는 말이 있듯이, 이들도 자신들이 그렇게 썩었다고 비판했던 일부 기득권 세력·보수 세력과 별반 다름이 없다. 아니 오히려 더 나쁜 짓을 하는 인간들도 있다. 시민단체 또한 그렇다. 대부분 제대로 하는 시민단체들이겠지만, 일부 단체는 그렇지 않은 것 같다. 혹자는 그 원인을 생계형 시민단체이기 때문이라고 말하기도 한다. 필자는 1981년 2월에 대학을 졸업했기 때문에 잘 알지는 못하지만, 운동권 출신들이 1980년대 대학에서 민주화운동을 했던 것을 높이 평가한다. 그런데 이들 중 일부는 정계·관계·언론계 등에 진출해서 하는 짓을 보면, 정말 나라를 위해 민주화운동 했던 것인지 의문이 갈 때가 많다. 등 따듯하고 배부르니까 하는 짓도 가관이다. 서글픔과 안타까움과 씁쓸함을 금치 못한다. 지금이라도 정신을 차리기 바란다.

쥐 이야기가 나왔으니 필자가 초등학교·중학교를 다니던 1960년대에는 쥐들이 너무 많아 학교에서 쥐꼬리를 제출하라는 지시를 받았던 기억이 난다. 그래서 쥐를 잡아 쥐꼬리를 냈던 기억이 난다. 지금으로서는 상상도 못할 일이다. 그것도 시골도 아닌 대전에서. 쥐라는 동물은 박멸해야 한다. 중세시대 흑사병 (페스트)으로 인해 당시 유럽인구의 1/3~1/2(약 2,000만)이 사망했다고 한다. 쥐 때문에 그런 것이다. 〈묘포서설〉은 우언이지만, 여기에 나오는 쥐, 그리고 쥐와 노는 고양이는 부시 미국 전 대통령의 말처럼 '악의 축'이다. 우리가 사는 세상에서 경계해야 할 대상이다. 그 교훈을 잊지 말고 지혜롭게 당당하고 떳떳하게 살자.

※〈참고〉 최연(崔演. 1503~1549) : 본관은 강릉(江陵). 자는 연지 (演之), 호는 간재(艮齋). 홍문관수찬, 도승지, 이조참판, 한성부 판윤, 병조판서, 지중추부사 등을 지냈으며, 시호는 문양(文襄) 이다. 시문에 능해 국가에서 주관하는 교서·책문을 주로 담당 했고, 어제시(御製詩)에 항상 수석 또는 차석을 차지하여 왕의 총애를 받았다. 저서로는 『간재집(艮齋集)』 등이 있다.

5. 〈곡목설(曲木說)〉(장유)

이웃에 장씨(張氏) 성을 가진 자가 산다. 그가 집을 짓기 위하여 나무를 베려고 산에 갔는데, 우거진 숲속의 나무들을 다 둘러보아도 대부분 꼬부라지고 뒤틀려서 쓸 만한 것이 없었다. 그러다 산꼭대기에서 한 그루의 나무를 발견하였는데, 정면에서 바라보나 좌우에서 바라보나 분명히 곧았다. 쓸 만한 재목이다 싶어 도끼를 들고 다가가 뒤쪽에서 바라보니, 형편없이 굽은 나무였다. 이에 도끼를 버리고 탄식하였다. "아! 재목으로 쓸 나무는 보면 쉽게 드러나고, 가름하기도 쉬운 법이다. 그런데 이 나무를 내가 세 번이나 바라보고서도 재목감이 아니었다는 사실을 몰랐다. 그러니 겉으로 후덕해 보이고 인정 깊은 사람일 경우 어떻게 그 본심을 알 수 있겠는가! 말을 들어보면 그럴듯하고 얼굴을 보면 선량해 보이고 세세한 행동까지도 신중히 하므로 우선은 군자(君子)라고 아니할 수 없다. 그러나 막상 큰일을 당하거나 중대한 일에 임하게 되면 그의 본색이 드러나고 만다. 국가가 패망하는 원인도 따지고 보면 언제나 이러한 사람으로부터 비롯된다. 그리고 나무가 자랄 때 짐승들에게 짓밟히거나 도끼 따위로 해침을 받은 일도 없이 오로지 이슬의 덕택에 날로 무성하게 자랐으니, 마땅히 굽은 데 없이 곧아야 할 텐데 꼬부라지고 뒤틀려서 이다지도 쓸모없는 재목이 되고 말았다. 항차 요즘 같은 세상살이에 있어서야. 물욕(物慾)이 진실을 어지럽히고 이해(利害)가 판단력을 흐리게 하기 때문에 천성을 굽히고 당초에 먹은 마음에서 떠나고 마는 자가 헤아릴 수 없으니, 속이는 자가 많고 정직한 자가 적은 것을 괴이하게 여길 일도 아니다."

이 생각을 내게 전하기에 나는 이렇게 말해 주었다. "그대는 정말 잘 보았다. 그러나 나에게도 할 말이 있다. 『서경(書經)』「홍범(洪範)편」에 오행(五行)을 논하면서, 나무를 곡(曲)과 직(直)으로 설명하였다. 그렇다면 나무가 굽은 것은 재목감은 안 될지 몰라도 나무의 천성으로 보면 당연한 것이다. 공자는 '사람은 정직하게 살아야 하는데 그렇지 않게 살아가는 자는 요행히 죽음만 모면해 가는 것이다.' 하였다. 그렇다면 정직하게 살아가는 것 또한 요행일 것이다. 그러나 내가 보건대, 이 세상에서 굽은 나무는 아무리 서투른 목수일지라도 가져다 쓰지 않는데, 정직하지 못한 사람은 잘 다스려지는 세상에서도 버림받지 않고 살아가고 있다. 그대는 큰 집의 구조를 살펴보라. 들보와 기둥, 서까래와 각목이 수없이 많이 얽혀서 구조를 이루고 있지만 굽은 재목은 보지 못할 것이다. 반면 조정 대신들의 행동을 주의 깊게 살펴보라. 공(公)과 경(卿)과 대부(大夫) 그리고 사(士)가 예복을 갖추어 입고 낭묘(廊廟)에 드나드는데, 그중 정직한 도리를 간직하고 있는 자는 보지 못할 것이다. 이것을 보면 굽은 나무는 항상 불행을 겪고 사람은 정직하지 않은 자가 항상 행운을 잡는다는 것을 알 수 있다. 옛말에 '곧기가 현(絃)과 같은 자는 길거리에서 죽어가고 굽기가 구(鉤)와 같은 자는 공후(公侯)에 봉해진다.' 하였으니, 이 말은 정직하지 못한 사람이 굽은 나무보다 많다는 사실을 입증해 준다."

<곡목설>

〈곡목설〉은 '굽은 나무 이야기'라는 뜻으로 장유(張維)의 『계곡집(谿谷集)』의 「설조(說條)」에 실려 있다. 〈곡목설〉은 장생(張生 : 목수)과 장자(張子 : 작가)라는 두 사람의 대화로 이루어져 있다. 나무(선비)가 굽는 것은 이해(利害)에 눈이 어둡기 때문이며, 곧은 선비보다는 굽은 선비가 더 많이 쓰이는 세상이라고 잘못된 세상을 개탄하는 내용이다. 이 글에서는 성정이 비뚤어진 사람을 '굽은 나무'에 비유하고 있고, 굽은 나무를 곧은 나무로 잘못 인식했던 체험을 통해서 세태도 이와 비슷하다는 논리를 펴고 있다. 그리고 굽은 나무의 쓰임새를 통해서 올바른 인재 등용의 중요성과 당위성을 드러내고 있다. 굽은 나무를 곧은 나무인 것으로 착각한 체험을 통해 겉모습만으로 사람을 판단하는 어리석음을 경계하는 한편, 물욕과 이해관계가 참된 성품을 혼탁하게 만듦을 비판적으로 드러내고 있다. 그러면서 작자는 나무는 굽음과 반듯함이 쉽게 드러나 굽은 나무는 버려지지만, 사람은 굽고 곧음이 쉽게 드러나지 않아 정직하지 못한 사람이 등용

되기도 하는 정치 현실을 비유적으로 비판하고 있다.

옛날부터 왕이 나라를 다스릴 때는 충신도 있고 간신도 있다. 물론 대부분 충신보다는 간신들이 더 많았지만. 문제는 왕이나 권력자가 제대로 사람을 볼 줄 아는 능력과 국가 경영 능력 등이 있느냐 없느냐이다. 왕이나 권력자가 사람을 제대로 볼 줄 알고, 국가 경영 능력 등이 있다면 나라는 부강할 것이요, 그렇지 않은 경우, 간신들에게 휘둘려 나라가 쇠약하거나 멸망하게 된다. 이는 옛날에도 그랬고 지금도 마찬가지이다. 대통령이나 대기업 총수가 사람을 볼 줄 아는 안목과 국가 지도자 능력이나 기업 경영 능력이 있어 그런 사람들을 기용하면, 국가나 기업은 번성·번영할 것이다. 그런데 이런 안목과 능력을 갖춘 지도자가 흔치 않은 것이 현실이다. 우리나라 정계·관계 등을 보면, 이런 인물들이 거의 눈에 띄지 않는다. 이는 재계도 마찬가지이다. 재벌 2세·3세들을 보면 쓸 만한 사람들이 정치판처럼 거의 없는 것 같다. 부모, 조부모 잘 만난 소위 금수저(?) 출신이라 제대로 키우지 않아서 그런지 어쩐지 그렇게 보인다. 그래서 우리의 앞날이 걱정된다. 정치판은 흑백논리와 내로남불 등의 무지몽매 하고 막가파식(?) 논리에 경도되어 발전적 모색은 안 하고 맨날 싸움질이다. 꼴통 스타일의 대명사 전두환 전 대통령처럼 이런 인간들을 삼청교육대 같은 곳에 보내야 하나……. 이런 글을 쓰는 필자의 입이 아니 손이 점점 더러워지는 것 같다. 대한민국의 앞날이 어떻게 될지……. 국민들이라도 정신을 차려 이런 별 볼일 없는 인간들을 정계나 재계에서 빨리 물러나게 하자. 그리고 냉정하고 공정하게 제대로 된 인물을 선택해 대한민국을 부국강병의 나라로 만드는데 앞장서게 하자.

※〈참고〉장유(張維. 1587~1638) : 본관은 덕수(德水), 자는 지국(持國), 호는 계곡(谿谷)·묵소(黙所). 부제학, 대사헌, 예조·이조판서, 우의정 등을 지냈고, 시호는 문충(文忠)이다. 4대가의 한사람이며, 한유(韓愈)·구양수(歐陽脩)에 비견될 만큼 뛰어난 문장 솜씨로 고문대책(高文大策)을 많이 지었다. 저서로는 『계곡만필(谿谷漫筆)』·『계곡집(谿谷集)』 등이 있다.

6. 〈삼전도비문(三田渡碑文)〉(이경석)

대청황제공덕비(大淸皇帝功德碑)

대청(大淸) 숭덕(崇德) 원년(元年) 겨울 12월에 관온인성황제(寬溫仁聖皇帝)께서 우리가 먼저 화약(和約)을 깬 까닭에 처음으로 진노(震怒)하여 군대를 거느리고 오셨다. 곧바로 동쪽으로 공격하여 오니 아무도 감히 항거하지 못하였다. 이때에 우리 임금은 남한산성(南漢山城)에 거처하고 있었는데, 두려워하기를 마치 봄날에 얼음을 밟고 햇빛을 기다리는 듯이 하였다. 거의 50일이 지나자 동남쪽 여러 지방의 군사들은 서로 연달아 무너지고, 서북쪽의 장수들은 골짜기에 머무른 채 한걸음도 나오지 못하니, 성 안의 양식도 거의 떨어지게 되었다. 이때를 당하여 많은 병사들이 성을 공격하기를 마치 서리 바람이 가을 풀을 말리듯하고 화롯불에 깃털을 태우듯이 하였으나, 황제는 사람을 죽이지 않는 것을 무예(武藝)의 근본으로 삼고, 또 덕을 펼치는 것을 우선으로 하셔서 항복하라는 칙령으로 달래어 말하기를, "항복하여 내게 오면 너희가 모두 온전할 것이요, 그렇지 않으면 도륙(屠戮)할 것이다." 하였다. 영마(英馬)와 같은 여러 대장들이 황제의 명령을 받들어 서로 길을 오가니 이에 우리 임금이 문무(文武)의 여러 신하들을 모아놓고 말하기를, "내가 큰 나라에 의탁하여 화친을 맺은 지 10여 년이 되었는데, 나의 어리석고 미혹(迷惑)됨으로 말미암아 상국(上國) 군대의 토벌을 자초(自招)하여 만백성이 도륙을 당하게 되었으니 죄는 나 한사람에게 있는 것이다. 황제께서는 오히려 차마 이들을 도륙하지 못하시고 이와 같이 타이르시니 내 어찌 감히 그 말을 받들어 위로는 우리의 종묘(宗廟)와 사직(社稷)을 보전하고 아래로는 우리 백성들을 보호하지 않을 수 있겠는가?" 하니 대신들도 모두 찬성하였다. 드디어 수십 기(騎)를 이끌고 군영 앞으로 나아가 죄를 청하였다. 황제가 예로서 대접하고 은혜로 어루만지며, 한번 보고는 심복(心腹)으로 인정하여 재물을 하사하는 은혜가 따라온 신하들에게까지 두루 미쳤다. 곧 우리 임금을 도성으로 돌려보내고 남쪽으로 내려가는 군대를 불러들여 서쪽으로 물러났다. 백성들을 위로하여 농사에 힘쓰게 하고, 원근(遠近)에 도망친 백성들을 모두 본래 있던 곳으로 돌아오게 하시니, 커다란 다행이 아닐 수 없었다. 우리 작은 나라가 상국(上國)에 죄를 얻은 지 오래되었다. 기미년(己未 : 1619, 광해군 12년)의 군역(軍役)에 도원수(都元帥) 강홍립(姜弘立)이 군대를 이끌고 명나라를 돕다가 패하여 사로잡혔을 때에, 태조무황제(太祖武皇帝)께서는 홍립을 비롯한 몇 명만 남기고 나머지는 모두 돌려 보내주었으니 그 은혜가 막대(莫大)한 것이었다. 그런데도 작은 나라가 미혹되어 깨닫지 못하니, 정묘년(인조 5, 1627년)에 지금의 황제가 장군들에게 명하여 동쪽으로 우리나라를 정벌하게 하였는데, 임금과 신하가 섬으로 피난하고는 사신을 보내 화친을 청하니 황제께서는 이를 허락하고 형제의 나라로 간주하니, 강토를 온전히 보전할 수 있었고 강홍립(姜弘立)장군도 돌아오게 되었던 것이다. 그 이후로 예우가 한결같고 관리들이 서로 오갔는데, 불행하게도 뜬소문이 생겨나 퍼져 나가면서 작은 나라가 어지러워지니, 거듭 변방의 신하를 바로잡고자 하였으나 언어가 불손하고 또 그 글이 ~결 ~신(~결 ~臣)에게 들어가게 되었다. 그래도 황제께서는 오히려 너그럽게 대하시어 곧바로 군대를 내보내지 않고, 먼저 조서(詔書)를 보내어 군대를 보낼 시기로써 거듭 깨우치기를 마치 귀를 잡고 끌어 얼굴을 맞대고 이야기하듯 하였다. 그러나 끝내 그 말을 듣지 않았으니 작은 나라의 여러 신하들의 죄가 더욱 무거워졌던 것이다. 황제께서 이미 대병(大兵)으로 남한산성(南漢山城)을 포위하고는, 또, 한 무리의 군대에게 명하여 강화도(江華島)를 함락시켜 궁빈(宮嬪)과 왕자(王子) 및 여러 신하들의 가족들을 모두 포로로 붙잡았는데, 황제께서 여러 장수들에게 명하여 해를 입히지 말라고 명령하시고 시종하는 관리와 내시들로 하여금 간호(看護)하게 하셨다. 이윽고 크게 은전(恩典)을 베풀어 작은 나라의 임금과 신하 및 그 사로잡혔던 권속(眷屬)들이 모두 옛 장소로 돌아가게 되니, 서리와 눈이 변하여 봄 햇볕이 되고 가뭄이 단비가 된 듯, 나라가 거의 망했다가 다시 살아나고 종사(宗社)가 거의 끊어졌다가 도로 이어지게 되었다. 모든 동쪽의 땅 수천리가 모두 살려주는 은택(恩澤)을 입었으니 이는 실로 예로부터 드물게 보는 일이라 하겠다. 아아, 훌륭하도다. 한강의 상류 삼전도(三田渡)의 남쪽은 황제께서 머무시던 곳으로 제단이 있다. 우리 임금이 수부(水部=工曹)에 명하여 단을 더 쌓아 높고 크게 만들고 또 돌을 잘라서 비를 세우게 하였다. 황제의 공덕이 천지의 조화와 같이 흘러갈 것임을 후세에 길이 현창(顯彰)함이니, 어찌 우리 작은 나라만이 대대로 힘을 입을 뿐이겠는가? 또한 큰 나라의 인자한 성문(聲門)과 올바른 무위(武威)에 멀리서도 복종하지 않는 자가 없음이 모두 여기에 근본 하는 것이다. 커다란 천지(天地)를 베껴내고 밝은 일월(日月)을 그리자니 그 만분의 일도 비슷하게 하기에 부족하나, 삼가 그 대략을 기록하는 바이다. 명(銘)에 이르기를

하늘이 서리와 이슬을 내려 죽이고 기르는데,
오직 황제께서 이를 본받아 위엄과 덕을 함께 펴시네.
황제께서 동쪽으로 정벌하심에 그 군사는 10만이요,
은은한 수레소리 호랑이 같고 표범과 같네.
서쪽 변방의 터럭하나 없는 벌판과 북쪽 부락의 사람들에 이르기까지,
창 들고 앞서 진격하니 그 위세 혁혁(赫赫)하도다.

황제께서 크게 인자하심으로 은혜로운 말씀 내리시니,

10줄의 밝은 회답 엄하고도 따뜻하였네.

처음에는 미혹되어 알지 못하고 스스로 근심을 끼쳤지만,

황제의 밝은 명령이 있어 비로소 깨달았네.

우리 임금 이에 복종하고 함께 이끌고 귀복(歸復)하니,

단지 위세가 무서워서가 아니라 그 덕에 의지함일세.

황제께서 이를 가납(嘉納)하시어 은택(恩澤)과 예우(禮遇)가 넉넉하니,

얼굴빛을 고치고 웃으며 병장기를 거두었네.

무엇을 주셨던고, 준마(駿馬)와 가벼운 갓옷,

도회의 남녀들이 노래하고 칭송하네.

우리 임금이 서울로 돌아가신 것은 황제의 선물이요,

황제께서 군대를 돌이키니 백성들이 살아났네.

유랑하고 헤어진 이들 불쌍히 여겨 농사에 힘쓰게 하시고,

금구(金甌)의 제도 옛날과 같고 비취빛 제단은 더욱 새로우니

마른 뼈에 다시 살이 붙고 언 풀뿌리에 봄이 돌아온 듯하네.

커다란 강가에 솟은 비 우뚝하니,

만년토록 삼한(三韓)은 황제의 덕을 이어가리.

가선대부(嘉善大夫) 예조참판(禮曹參判) 겸 동지의금부사(兼 同知義禁府事) 신(臣) 여이징(呂爾徵)이 왕명을 받들어 전액(篆額)

을 씀.

자헌대부(資憲大夫) 한성부판윤(漢城府判尹) 신(臣) 오준(吳竣)
이 왕명을 받들어 씀.

자헌대부(資憲大夫) 이조판서(吏曹判書) 겸 홍문관대제학(兼 弘
文館大提學) 예문관대제학(藝文館大提學) 지성균관사(知成均館
事) 신(臣)이경석(李景奭) 이 왕명을 받들어 지음.

숭덕(崇德) 4년(인조 17, 1639년) 12월 초 8일에 세움

〈삼전도비문〉

　　치욕의 〈삼전도비문〉은 이경석이 지었다. 〈삼전도비문〉은
말 그대로 대청황제공덕비이다. 우리 역사의 부끄러운 얼굴을
만천하에 드러낸 것으로 치욕 이상의 기록이다. 경술국치(일본
에 의해 강제 합병)와 함께 조선시대의 2대 국치의 하나이다. 삼
전도비는 강홍립의 사르흐 전투부터 시작하여 조선이 전쟁을 자
초한 내력과 함께 청나라 태종의 조선 침략이 의로운 전쟁(jurgan
i cooha)이라고 미화하는 한편, 조선국을 보전케 해준 청 태종의
은혜를 강조하고 있는 전승기념비이기도 하다. 그런데 대청황제
공덕비는 여느 전승기념비와는 다르다. 고대 페르시아 다리우스
1세의 비시툰 전승기념부조나 고구려 광개토왕대비에서 확인할
수 있는 것처럼 전승기념물의 비문은 승리자 측에서 직접 만드는
것이 일반적이다. 그러나 청 태종은 패전국의 신민들로 하여금

인력과 비용을 들여 공덕비를 세우게 했을 뿐만 아니라, 비문 자체도 다시 한 번 치욕을 주려는 듯 신민들로 하여금 직접 작성하도록 하였다. 이는 피정복민의 자발적 칭송을 위장하여 정복자의 공덕을 한 차원 높이려는 의도로 보이지만, 상대 진영의 내부 분열을 유도하는 '이이제이(以夷制夷)' 전략이었는지도 모른다. 실제로 조선에서는 대청황제공덕비가 조성된 지 30여년 만에 비문을 찬술한 이경석에 대한 비난의 포문이 열리자 권력 분열이 일어났으니 말이다. 어쩔 수 없이 인조의 간곡한 부탁에 의해 비문을 썼던 이경석은, 사후 후손들이 신도비를 세웠는데, 세워지자마자 수난을 당했다. 이번에도 노론 유생들이 비석을 쓰러트리고, 비면을 모조리 깎아 한 글자도 남기지 않았고, 분이 안 풀렸는지 비석을 아예 땅속에 파묻어 버렸다. 그로부터 200여년 뒤 빛을 본 비석은 전신이 상처다. 글자 하나하나 연마석으로 갈고, 정으로 쪼았으니 성할 리 없었다. 그래서 백비라 부르게 된 것이다. 1917년 다시 세워졌고, 1956년 문교부 주도로 다시 묻혔고, 2007년 '철거'라는 붉은 글씨로 훼손되기도 했다. 비운의 비석이다.

그런데 대청황제공덕비를 짓게 된 과정을 살펴 볼 필요가 있다. 청 태종의 공덕비를 세우라는 요구를 받은 조선의 조정에서는 논의 끝에 문장에 능했던 장유(張維), 이경전(李慶全), 조희일(趙希逸), 이경석(李景奭) 네 사람을 선정했는데, 네 명 모두 탐탁하게 여기지 않았다. 치욕적인 글을 짓기가 싫었던 것은 당연한 일. 이들이라고 후세의 평가를 어찌 의식하지 않았겠는가! 결국 인조는 네 사람에게 명하여 〈삼전도비문〉을 찬출(撰出)토록 하였는데, 결국 이경석과 장유의 글이 채택되어 사신을 통하여 두 비문 초안이 심양에 보내졌다. 심양에서는 범문정이 두 사람의 글을 살펴보고, 장유의 글은 정백(鄭伯)의 고사(故事) 인용이 적절치 않다고 버리고 이경석의 글을 최종적으로 선택했다. 그러나 이경석의 글도 손자 이하성의 말대로 포장(鋪張)하지 않은 채로 간결하게 쓴 것이어서 수정조건부로 채택된 것이었다. 그런데 이경석은 처음부터 짓겠다고 응했던 것이 아니다. 인조의 간곡한 부탁으로 마지못해 짓게 된 것이다. 오랑캐 정복자인 청 태종의 공덕을 찬양하는 글을 쓰는 것이 개인의 명예를 더럽히는 일이라는 것을 너무도 잘 알기 때문이다. 그래서 어렸을 때 자기에게 글을 가르쳐주었던 큰형 이경직(李景稷)에게 보낸 편지에서 '글 쓰는 법을 배운 것이 후회스럽다(悔學文字)'고 하였다. 또 어떤 시에서는 '창피한 마음을 가눌 길 없어 백길 되는 오계 강물에 투신하고 싶다(愧負浯溪百丈崖)' 할 정도로 괴로워했다. 그러나 '나라의 존망을 무시하고 의명(義名)을 도모하려는(國家存亡 置之度外 謨占義名)' 당시의 많은 유자(儒者)들과 달리 그는 오명을 무릅쓰고 사의(私義)를 버리고 공의(公義)에 따랐다. 역사의 악역을 담당했던 것이다. 그러나 그 악역이 지나

쳤을까? 앞에서 본대로 〈삼전도비문〉은 청 태종의 공덕을 극찬하고 있다. 『숙종실록』 사관의 말대로 '뜻을 다해 포장(鋪張)하여 오랑캐의 공덕을 칭송하고 오랑캐의 뜻에 맞춘' 듯하고, 송시열의 말대로 '저들의 환심을 사려고 마음껏 아첨하여 미리 지어놓은 글처럼' 읽혀지기도 한다. 그런데 이경석은 청나라의 비문 수정 요구에 저항의 흔적을 남기려고도 했던 것 같다. 사실 현존하는 〈삼전도비문〉의 기본 내용과 표현들은 남한산성에서 항전하는 동안 10여 차례 오고간 항복 협상문서, 즉 국서에 거의 다들어 있었다. 특히 인조 15년(1637) 정축년 1월 2일 청나라 진영에서 조선에 보낸 청의 1차 국서와 그 다음날 조선 측이 이에답한 조선의 1차 국서 가운데 〈삼전도비문〉의 기본 구성과 표현들이 상당 부분 일치 하고 있다. 논문 표절 검색기를 돌린다면 비문의 국서 표절 비율이 50% 정도는 될 것 같다. 거기다 범문정의 메모까지 더하면 표절 검사를 한다면 표절 비율은 그보다 훨씬 높을 것으로 보인다. 다시 말해 이경석이 지은 비문은 청나라에 아부하기 위해 혼신의 노력을 기울인 창작품이 아니라 국가의 위기 앞에 그들의 비위를 맞추기 위해 짜깁기한 영혼 없는 시험 답안지 일수도 있다. 이 비문을 지은 이경석을 두고 갑론을박했지만, 이러한 논쟁은 개인적인 감정도 담겨 있을 뿐만 아니라 더 나아가 이념적 투쟁이자, 정론 대립으로도 볼 수 있다. 아무튼 이경석에 대한 평가는 독자들에게 맡긴다. 하지만 실제로 당한

굴욕·치욕임에는 틀림이 없는 사실이다. 〈삼전도비문〉을 보면서 불현듯 광해군이 생각나는 것을 어찌 할고. 아! 참······.

우리의 역사를 살펴보면 이러한 치욕적인 일들이 있었다. 부국강병의 나라가 되지 못했기 때문에 이런 치욕을 당한 것이다. 또한 왕 자격도 안 되는 왕들이 나라를 다스렸기 때문에 이 같은 일들이 발생한 것이다. 인조는 인조반정을 통해 왕이 된 인물로, 장남인 소현세자와 며느리까지 죽게 만든 정말 왕이 돼서는 안 되는 왕이었다. 연산군, 선조, 인조, 철종, 고종 등은 왕으로서는 능력과 자질이 부족한 왕들이다. 하기야 반정을 일으킬 때 똑똑한 사람을 왕에 앉히지는 않았을 것이다. 인조도 그런 사람 중에 하나이다. 조선 역대 왕들 가운데 제일 시원찮은 왕 중에 한 명이라고 본다. 원래 반정에 성공하면, 반정 공신들이 모든 정사를 좌지우지 한다. 왕도 마음대로 할 수가 없다. 오죽하면 중종반정 시 1등 공신이었던 박원종은 초기엔 왕인 중종을 알현할 때도 칼을 차고 들어왔고, 나갈 때면 중종이 용상에서 일어났다고 한다. 위세 등등한 박원종도 문제였고, 중종 또한 문제였다. 왕답지 못했던 것이다. 이러면 나라는 위계질서가 안 서고 엉망이 된다. 한편, 섬나라인 일본은 대륙으로 진출하기 위해 조선을 호시탐탐 노리고 있었고, 중국은 조선을 항상 속국으로 만들려고 하였다. 그런데도 당시 조선은 어떠했나? 고조선과 고구려가 그립기만 하다.

중국인의 역사인식 또한 일본인과 그리 다르지 않다. 동북공정이 그 대표적인 예로, 한 마디로 기가 막힌다. 그리고 중국정부는 홍삼문화에 대해 왜곡·은폐하며 쉬쉬한다. 동이족이 홍삼문화를 주도했기 때문에 그런 것이다. 중국 초기 역사를 바꾸어야 할 상황인 것이다. 그럼에도 이들은 자신들이 세계의 중심이라는 '중화'를 부르짖고 있는데 웃기는 일이다. 중국인들은 걸핏하면 한족(漢族) 운운하는데 한족이 중국 천하를 통일한 것은 역사적으로 겨우 세 번 정도 밖에 안 된다. 나머지는 그들이 말하는 오랑캐들(동이, 북적, 남만, 서융)이 천하를 통일했다. 그리고 지금도 중국인들은 너도나도 한족이라고 떠드는데,(중국의 소수민족은 제외) 어디까지가 한족인지 확실하지 않을 뿐 아니라 그 구분이나 개념도 모호하다. 아울러 중국도 소련처럼 빨리 여러 나라로 나누어져야 한다. 옛날에도 중국은 천하통일이 안 되었을 때, 그 주변국들은 평화로웠다. 중국도 소련처럼 원래대로 자치독립국가로 분리되어야 한다. 지금도 신장(위그로 자치구) 등에서는 분란이 있지 않은가?

지금의 우리나라도 정치·경제·군사적으로 볼 때 조선시대와 별반 다르지 않다. 언제 부국강병의 대국이 되어 세계를 호령할지……. 국민들이여! 정신 차리자. 우리 모두 〈삼전도비문〉을 읽고, 마음을 가다듬어 다시는 치욕스러운 일을 당하지 않는 당당하고 자랑스러운 대한민국을 만들도록 하자.

※〈참고〉이경석(李景奭, 1595~1671) : 본관은 전주(全州), 자는 상보(尙輔), 호는 백헌(白軒). 충북 제천 출생. 도승지, 대사간, 대사헌, 대제학, 이조판서, 영의정 등을 지냈으며, 시호는 문충(文忠)이다. 문장이 뛰어났고, 재상으로 재임 시 시국의 안팎으로 얽힌 난국을 적절하게 주관했다. 말년에는 차츰 당쟁 속에 깊이 말려 들어가, 사후에 특히 〈삼전도비문〉으로 심한 논란의 대상이 되기도 하였다. 저서로는 『백헌집(白軒集)』 등이 있다.

7. 〈백흑난(白黑難)〉(홍우원)

　백(白)이 흑(黑)에게 묻기를, "너는 어째서 외모가 검고 칙칙한가? 그러면서도 어째서 자신을 씻지 않는가? 나는 희고 깨끗하니, 너는 나를 가까이 하지 말라. 네가 나를 더럽힐까 두렵다." 하니, 흑이 껄껄 웃으며 말하였다. "너는 내가 너를 더럽힐까 두려워하는가? 네가 비록 스스로를 희고 깨끗하다고 여기지만, 내가 보기에는 희고 깨끗한 것이 썩은 흙보다 훨씬 더 더럽다." 백이 화를 내며 말하기를, "너는 어째서 나를 썩은 흙처럼 더럽게 여기는가? 나는 맑고 흰 것이 마치 장강(長江)과 한수(漢水)로써 씻은 것 같고, 가을 햇볕에 쬐인 것과 같다. 검게 물을 들이는 염료도 나에게 누를 끼칠 수 없고, 티끌과 흙의 혼탁함도 나를 더럽힐 수 없다. 무릇 천하에서 나보다 깨끗하고 맑은 것이 없는데도, 너는 어째서 나를 썩은 흙으로 여기는가?" 하니, 흑은 이렇게 말하는 것이었다. "시끄럽게 하지 말고 내 말을 들어 보라. 지금 너는 자신을 깨끗하게 여기면서 나를 더럽다고 여기고 있다. 나는 나를 더럽다고 여기지 않으며, 너를 깨끗하다고 여기지 않고 있다. 그렇다면 네가 과연 깨끗한 것인가? 내가 과연 더러운 것인가? 아니면 내가 과연 깨끗한 것인가? 네가 과연 더러운 것인가? 이점은 알 수 없다. 내가 논쟁하면 너 또한 논쟁할 것이며, 네가 따지면 나 또한 따질 것이니, 이것은 너와 내가 따진다고 해결할 수 있는 문제가 아니다. 너와 함께 세상 사람들에게 징험하여 말하는 것이 좋겠다. 지금 천하 사람들 중에 너를 좋아하는 자가 있는가? 없다. 그러면 나를 미워하는 자가 있는가? 없다. 이유는 무엇인가? 사람들이 젊고 건장할 때에 머리털을 검게 한 것은 내가 한 것이고, 귀 밑머리 털을 검게 할 수 있었던 것도 내가 한 것이다. 사람들이 청춘을 머무르게 하여 아름답고 예쁜 얼굴을 간직하게 할 수 있었던 것도 오로지 내가 한 것이다. 세월이 점차 흐른 뒤에는 너도 모르는 사이에 예전의 검은 머리가 꽃처럼 하얗게 되고, 흰머리가 반이나 되었다. 사람들은 너나없이 거울을 잡고 자신의 모습에 깜짝 놀라 족집게로 흰머리를 뽑는다. 아! 슬프다. 한스러운 것은 나를 머물도록 할 수 없는 것이고, 괴로운 것은 너를 떠날 수 없는 것이다. 이점이 바로 희고 깨끗한 것이 일찍이 사람들에게 기쁨의 대상이 되지 못하고 미움의 대상이 되었으며, 애당초 너의 아름다움이 되지 못하고 너에게 누를 끼치게 된 것이다. 그러니 너의 깨끗함이 과연 무슨 소용이 있겠는가? 또한 광채를 깊숙이 감추고서 세상과 뒤섞여 속세 사람들과 조화를 이루는 것이 세상 사람들에게 용납되는 방법이다. 너무 고결하고 너무 밝게 처신하면서 출세한 자를 나는 아직 보지 못하였다. 이 때문에 백이(伯夷)는 성품이 맑아서 수양산에서 굶어 죽었고, 굴원(屈原)은 성품이 고결하여 멱라수에 빠져 죽었다. 그런데 조맹(趙孟)은 신분이 귀하고,

계씨(季氏)는 부유해서 한껏 사치를 부리고 하고 싶은 대로 하면서 마음먹은 대로 행동하고 인생을 마음껏 즐겼다. 이들 가운데 누구의 삶이 빛나고 누구의 삶이 초췌한가? 누구의 삶이 성공하고 누구의 삶이 실패한 것인가? 아! 굴원과 백이의 화(禍)는 주로 네가 재앙을 만든 데에서 나왔다. 그러나 계씨와 조맹의 공명과 부귀가 당시에 위세를 떨치고 성대했던 것은 어찌 내가 한 것이 아니겠는가! 지금 너는 광명정대한 것으로 자신을 고상하게 여기고, 기운이 맑고 깨끗한 것으로 자신을 훌륭하게 여기고 있다. 그래서 더러운 흙탕물 가운데서 벗어나 더러운 것은 받지 않고 먼지와 티끌을 뒤집어쓰지 않는 것이다. 돈과 패물은 세상 사람들이 누구나 갖고 싶어 하는 것인데도 너는 지푸라기 같은 쓸모없는 것으로 여기고, 수많은 말과 곡식은 사람들이 누구나 바라는 것인데도 너는 뜬 그름처럼 하찮게 여기고 있다. 그래서 사람들을 고생시키고 곤궁하게 하며, 사람들로 뜻을 얻지 못하여 실의에 빠지게 하여 그들로 하여금 여러 가지로 군색하게 하여 이를 견디지 못하게 하고 있다. 아! 덧없는 인생은 얼마 되지 않고 세월은 순식간에 흘러가 버린다. 만일 미쳐서 정신을 잃고 본심을 잃어서 세상과 등지고 사는 사람이 아니라면, 그 누가 너를 따라서 자신을 고통스럽게 하고자 하겠는가? 그러나 나는 어둡고 어두워서 티끌을 같이 하고 모호하고 불분명하여 먼지를 머금는다. 밝게 빛나지 않고 씻고 갈아서 깨끗하게 된 것을 좋게 여기지 않는다. 재화와 진귀한 보배를 본래 가지고 있다면 높은 벼슬과 막대한 부도 못할 것 없다. 만일 얻을 수 있다면 구하여 사양하지 않고, 만일 취할 수 있으면 받고 사양하지 않는다. 문채 나는 비단 옷에 대해서 사람들은 너나없이 빛난다고 여기며, 성대하게 차려진 음식상에 대해서 사람들은 너나없이 가득하다고 여긴다. 무릇 자기 몸과 자기 집을 이롭게 하는 자는 누구나 다 자기 마음에 들고 자기 뜻을 흔쾌하게 하니, 이 때문에 온 세상이 휩쓸리듯 오직 나에게 모여든다. 간담을 쪼개 보아도 나와 사이가 없고, 속을 열어 보아도 나와 한결 같다. 제왕과 귀족들이 신는 붉은 신발을 신고서 검은 패옥을 차고 옥 소리를 내면서, 재상들이 업무를 보던 황각에 올라 가장 높은 자리를 차지하고 있는 자는 모두 나와 견고하게 결합된 사람들이다. 금으로 만든 인장을 걸고 인끈을 매고서 재상의 자리를 밟고 왕명의 출납과 언론을 맡은 자는 모두 나와 마음이 투합한 친구들이다. 철관(鐵冠)을 높이 쓰고 홀(笏) 끝에 백필(白筆)을 장식하여 어사대를 지나 어사부에 오르는 자는 모두가 나와 정신적으로 사귀고 있는 사람들이다. 대장 깃발을 세워 놓고 용맹스러운 군사들이 빙 둘러서 있으며, 칼과 창이 삼엄하게 벌려있는 가운데 관찰사에 임명되어 나라의 간성이 된 자들은 모두 나의 당파에 속하는 사람들이다. 훌륭한 수레에 붉은 휘장과 검은 일산을 하고서 한 지역을 다스리는 지방관으로 있는 자는 모두 나의 무리들이다. 이들은 모두 너나없이 유유자적하고 득의만면한다. 기개는 드높아서 우주를 업신여기고, 숨을 쉴 때 무지개를 토해낸다. 일을 만들면 사람들이 감히 좋고 나쁜 것을 지적하지 못한다. 종신토록 즐기고 놀아도 풍부하여 여러 대 동안 끊어지지 않는다. 그러나 너와 종유하는 자들을 돌아보건대, 현재 쑥대로 엮은 초라한 집에서 초췌한 모습으로 살고 있고 산과 들 사이에서 쓸쓸하게 있다. 집안에는 아무 것도 없이 사방의 벽만 황량하고 한 바가지의 음료도 자주 거르고 있다. 옷은 짧아서 춥고, 손과 발은 얼어서 부르텄으며, 얼굴은 누렇게 뜨고 목은 바짝 말라서 거의 죽게 된 자들은 모두 이와 같다. 그런데 너는 벼슬은 대신의 자리에 있으면서도 누각을 세울 땅도 없으며, 지위는 높고 중요한 자리에 있으면서도 아직도 빈곤을 벗어나지 못하고 있다. 살아생전에는 몸과 마음을 즐겁게 하지 못하였고, 죽어서는 자손들에게 생계 대책을 마련해 주지 못했으니 너무 부끄러운 것이 아니겠는가. 이 때문에 세상 사람들이 너나없이 너를 경계하여 뒤도 돌아보지 않고 떠나면서 혹시라도 따라올까 염려하고 있다. 또한 사람들이 너나없이 나를 사랑하여 급급하게 나에게 나와서 혹시라도 잃게 되지 않을까 염려하고 있다. 이로써 보건대, 너는 세상 사람들이 버리는 대상이고, 나는 사람들이 모여드는 대상인 것이다. 세상 사람들이 버리는 것은 천한 것이며, 사람들이 모여드는 것은 귀한 것이다. 나는 귀한 것이 깨끗한 것인지, 천한 것이 깨끗한 것인지, 귀한 것이 더러운 것인지, 천한 것이 더러운 것인지를 알지 못한다. 무릇 천한 사람들이 누구나 다 더럽다고 여기는 것은 썩은 흙만한 것이 없다. 썩은 흙의 더러움에 대해서는 사람들이 모두 더럽다고 침을 뱉고 지나간다. 지금 세상에서는 너를 매우 천하게 여기고 있다. 지나가면서 더럽다고 침을 뱉고 가는 대상이 어찌 썩은 흙뿐이겠는가. 너는 앞으로 자신을 더럽다고 여기는 데도 겨를이 없을 터인데, 어느 겨를에 나를 더럽다고 여기겠는가. 너는 떠나가라. 그리고 나를 더럽다고 여기지 말라." 백은 망연자실하여 한참동안 묵묵히 있다가 말하기를, "아, 옛날 장의(張儀)가 소진(蘇秦)에게 말하기를 소진이 득세한 세상에 장의가 어찌 감히 말하겠는가 하였다. 오늘날은 진정 너의 시대인데 내가 어찌 감히 말할 수 있겠는가!" 하고는 마침내 논란하지 않았다.

〈백흑난〉

〈백흑난〉은 홍우원의 『남파집(南坡集)』에 실려 있다. 백과 흑 중 누가 더 깨끗한지는 물음 자체가 성립되지 않을 정도로 자명해 보이는데, 알쏭달쏭하게 말을 꾸미고 싸움을 거니 논쟁이 성립이 된다. 흑이 공연히 시빗거리를 만드는 양 보이지만, 애초 사단을 일으킨 쪽은 백이다. 그렇지만 흑의 장광설이 이어졌고 목소리가 좀 높았다. 흑의 장황한 요설이 백을 압도하고 있었다. 흑의 논리는 게다가 정연하기까지 했다. 흑이 백보다 깨끗하고 좋은 이유를 조목조목 들고 있었다. 그 말솜씨마저 현란했다. 입씨름은 언제나 말 잘하는 쪽에게 유리한 법이라고 했다. 백은 흑에게 밀려서 본전도 찾지 못하고 있었다. 결국 백기를 들고 말았다. 백은 흑의 논리에 패배했지만, 그 장황한 수작과 결말이 엉터리임을 독자들은 너무도 분명하게 깨닫게 되기 때문이다. 역설을 통해 비록 논리적 정당성을 확보했다 하더라도 현실에서의 진·위를 왜곡시킬 때 그것은 실학이 아니라 위학임을 고발하고 있다.

요즈음 정치판의 떠들썩한 여·야의 입씨름(특히 대선 주자들)은 또 어떠한가? "나는 백, 너는 흑"이라고 서로 우겨대는 입씨름으로 보인다. 양쪽 모두 목소리가 간단치 않은 입씨름인 것 같다. 너무 요란해서 귀라도 틀어막고 싶어지는 입씨름이다. 그런데 양쪽 목소리가 비슷하게 높아서 구경꾼인 국민들은 헷갈리는 말싸움으로 아는 듯하다. 누가 선이고, 누가 악인지 분간하기가 힘든 것 같다. 누가 시(是), 누가 비(非)인지 가려내기도 어려워지려고 한다. 누가 맞고, 누가 틀리는지 판단하려면 제법 헤매야 할 것 같은 말싸움이다. 글자 그대로 '흑백불분(黑白不分)'이다. 검은 것과 흰 것을 구별하기도 까다로워서 잘잘못을 밝혀내기가 껄끄러워지고 있다. 그래도 하나만은 분명하다고 할 수 있는 싸움질이다. 나라꼴 부끄러워지는 것 따위는 아랑곳없는 '이전투구(泥田鬪狗)'하는 짓은 닮았다는 점이다. 정치인들이여! 반성하기 바란다. 언제까지 흑백논리에 빠져 국민들을 피곤하게 만들 것인가?

막말로 요새는 이빨로 먹고 사는 세상이라고 이야기 하는 사람들도 있다. 자기 PR의 시대이니 그럴 수도 있다. 그래서인지 말만 앞세우는 사람들이 태반이다. 이러다 보니 문제가 발생하는 일들이 종종 있다. 언행일치가 중요하다. 이를 잊지 말자.

※〈참고〉홍우원(洪宇遠. 1605~1687) : 본관은 남양(南陽), 자는 군징(君徵), 호는 남파(南坡). 대사성, 부제학, 대사헌, 공조참판, 예문관제학, 예조・이조판서, 좌참찬 등을 지냈으며, 시호는 문간(文簡)이다. 저서로는 『남파집(南坡集)』 등이 있다.

8. 〈조설(釣說)〉(남구만)

　경술년(1670, 현종11)에 내가 고향인 결성(潔城)으로 돌아오니, 집 뒤에 작은 못이 있었는바 넓이가 수십 보이고, 깊이가 6, 7척이 못 되었는데, 나는 긴 여름날에 할 일이 없으면 번번이 가서 물고기들이 입을 빼끔거리며 떼 지어 노는 것을 구경하곤 하였다. 하루는 이웃 사람이 대나무 하나를 잘라 낚싯대를 만들고 바늘을 두드려 낚싯바늘을 만들어서 나에게 주고 물결 사이에 낚싯줄을 드리우게 하였다. 나는 오랫동안 서울에 살아서 낚싯바늘의 길이와 너비와 굽은 정도가 어떠해야 하는지를 알지 못하였으므로 그저 이웃 사람이 준 것을 좋게 여겨서 하루 종일 낚싯대를 드리웠으나 한 마리의 물고기도 잡지 못하였다. 다음 날 한 손님이 와서 낚싯바늘을 보고 말하기를, "고기를 잡지 못하는 것이 당연하다. 낚싯바늘 끝이 너무 굽어 안으로 향하였으니, 물고기가 바늘을 삼키기 쉬우나 뱉기도 어렵지 않다. 반드시 끝을 조금 펴서 밖으로 향하게 해야 한다." 하므로, 내가 그 손님으로 하여금 낚싯바늘을 두드려 밖으로 향하게 한 다음 또 하루 종일 낚싯대를 드리웠으나 한 마리의 물고기도 잡지 못하였다. 다음 날 또 한 손님이 와서 낚싯바늘을 보고 말하기를, "고기를 잡지 못하는 것이 당연하다. 낚싯바늘 끝이 밖으로 향하기는 하였으나 바늘의 굽은 둘레가 또 너무 넓어서 물고기의 입에 들어

갈 수가 없다." 하므로, 나는 손님으로 하여금 낚싯바늘을 두드려서 바늘의 둘레를 좁게 한 다음 또다시 하루 종일 낚싯대를 드리웠으나 겨우 물고기 한 마리를 잡았을 뿐이었다. 다음 날 또 두 손님이 왔으므로 내가 낚싯바늘을 보여 주고 또 그동안의 사연을 말하니, 한 손님이 말하기를, "물고기가 조금 잡히는 것이 당연하다. 낚싯바늘을 눌러서 굽힐 적에는 반드시 굽힌 곡선의 끝을 짧게 하여 겨우 싸라기 하나를 끼울 만해야 하는데, 이것은 굽힌 곡선의 끝부분이 너무 길어서 물고기가 삼키려 해도 삼킬 수가 없어서 틀림없이 장차 내뱉게 생겼다." 하므로, 나는 그 손님으로 하여금 낚싯바늘을 두드려서 뾰족한 부분을 짧게 한 다음 낚싯대를 한동안 드리웠다. 이에 물고기가 낚싯바늘을 여러 번 물었으나 낚싯줄을 당겨 들어 올리면 혹 빠져 떨어지곤 하였다. 옆의 한 손님이 보고 말하기를, "저 손님의 설명이 낚싯바늘에 대한 말은 맞으나 낚싯줄을 당기는 방법이 빠졌다. 낚싯줄에 찌를 매다는 것은 부침(浮沈)을 일정하게 하여 물고기가 바늘을 삼켰는지 뱉었는지를 알기 위한 것이다. 찌가 움직이기만 하고 아직 잠기지 않은 것은 물고기가 낚싯바늘을 아직 다 삼키지 않았을 때인데 갑자기 낚싯줄을 당겨 올리면 너무 빠른 것이고, 찌가 잠겼다가 약간 움직이는 것은 바늘을 삼켰다가 다시 뱉을 때인데 천천히 당기면 이미 늦은 것이다. 이 때문에 반드시 잠길락 말락 할 때에 당겨 올려야 하는 것이다. 그리고 또 당겨 올릴 때에도 손을 높이 들고 곧바로 들어 올리면 물고기의 입이 벌어져 있어서 낚싯바늘 끝이 아직 걸리지 않아 고기가 낚싯바늘을 따라 입을 벌리면 낙엽이 나무에서 떨어지듯 떨어져 버린다. 이 때문에 반드시 손을 마치 비질하듯 옆으로 비스듬히 기울여서 들어 올려야 하니, 이렇게 하면 물고기가 막 낚싯바늘을 목구멍으로 삼킨 다음이어서 낚싯바늘의 갈고리 부분이 목구멍에 걸려 좌우로 요동을 쳐서 반드시 펄떡거릴수록 더욱 단단히 박힐 것이니, 이 때문에 반드시 잡고 놓치지 않는 것이다."

하였다. 내가 또 그 방법대로 하였더니 낚싯대를 드리운 지 얼마 안 되어 서너 마리의 물고기를 잡았다. 손님이 말하기를 "법은 여기서 다하였지만 묘리는 아직 다하지 못하였다." 하고는 내 낚싯대를 가져다가 스스로 드리우니, 낚싯줄도 나의 낚싯줄이요 낚싯바늘도 나의 낚싯바늘이요 먹이도 나의 먹이요 앉은 곳도 내가 앉은 자리였으며, 바뀐 것이라고는 단지 낚싯대를 잡은 손일뿐인데도 낚싯대를 드리우자마자 물고기가 마침내 낚싯바늘을 머금고 올라와서 머리를 나란히 하고 앞을 다투어 올라왔다. 그리하여 낚싯대를 들어 올려 물고기를 잡는 것이 마치 광주리 속에서 집어 소반 위에 올리는 것과 같아서 손을 멈출 새가 없었다. 내가 말하기를 "묘리가 이 정도에 이른단 말인가. 이를 또 나에게 가르쳐 줄 수 있겠는가?" 하였더니, 손님이 다음과 같이 말하였다. "가르쳐 줄 수 있는 것은 법(法)이니, 묘리를 어찌 말로 가르쳐 줄 수 있겠는가. 만일 가르쳐 줄 수 있다면 또 이른바 묘리가 아니다. 기어이 말하라고 한다면 한 가지 할 말이 있으니, 그대가 나의 법을 지켜 아침에도 낚싯대를 드리우고 저녁에도 낚싯대를 드리워서 온 정신을 쏟고 마음을 다하여 날짜가 쌓이고 달수가 오래되어 익히고 익혀 이루어지면 손이 우선 그 알맞음을 가늠하고 마음이 우선 앎을 터득할 것이다. 이와 같이 하면 혹 묘리를 터득할 수도 있고 터득하지 못할 수도 있으며, 혹 그 은미한 것까지 통달하고 지극한 묘리를 다할 수도 있으며, 그중 한 가지만 깨닫고 두세 가지는 모를 수도 있으며, 혹은 하나도 알지 못하여 도리어 스스로 의혹할 수도 있으며, 혹은 황홀하게 스스로 깨닫되 깨닫게 된 소이(所以)를 자신도 알지 못할 수도 있으니, 이는 모두 그대에게 달려 있는 것이다. 내가 어찌 간여할 수 있겠는가. 내 그대에게 말해 줄 수 있는 것은 이것뿐이다." 나는 이에 낚싯대를 던지고 감탄하기를, "손님의 말씀이 참으로 훌륭하다. 이 도를 미루어 나간다면 어찌 다만 낚시질에 쓸 뿐이겠는가. 옛사람이 말하기를 '작은 것으로 큰 것을 비유할 수 있다.' 하였으니, 어찌 이와 같은 종류가 아니겠는가." 하였다. 손님이 이미 떠난 뒤에 그 말을 기록하여 스스로 살피는 바이다.

〈조설〉

〈조설〉은 '낚시 이야기'로, 남구만의 『약천집』의 「잡저(雜著)」에 실려 있다. 남구만은 이조참의로 있다가 파직되어 고향인 결성으로 낙향하여 지내다가 낚시꾼과의 대화에서 인생의 지혜, 심오한 인생철학을 깨우쳤다. 고기를 낚는 방법을 구경하다 자연히 낚시하는 법을 배우게 된다. 즉 객은 남구만에게 낚시를 하는 방법은 가르쳐 드릴 수 있어도 그 묘리는 스스로 배워서 터득 할 수 있어야 많은 고기를 낚을 수 있다는 이야기다. 가르침에 의한 배우는 것의 한계와 스스로 깨달아서 아는 것의 중요성을 쓰고 있다. 주 내용은 낚시를 통해 깨달은 자득(自得)의 중요성이다. 인간세상도 마찬가지라 법을 적용하는 이치도 엄격한 법 적용만이 만사가 아니며, 부정을 계도하여 문제를 해소시키는 것도 필요하다. 작자가 낚시를 통해 법(法)과 묘(妙)의 터득·운용의 중요성을 깨닫는 과정이 흥미를 끈다. 세칭 강태공(姜太公)으로 잘 알려진 주(周)나라 여상(呂尙)의 고사에서, '낚시 바늘이 굽으면 고기를 낚는데 그치나, 낚시 바늘이 곧으면 천하를 낚는다.'는 말처럼, '작은 것(낚시)으로 큰 것(인생의 도)을 깨우쳐 주는 성인의 도가 낚시에도 있다.'는 말을 하여, 낚시하는 시간들이 '자성의 시간(時間)'이 된다면 도를 깨우치기가 어렵지 않을뿐더러, 도란 것이 멀리 있는 것만은 아니라는 깨달음의 내용도 담겨 있다.

요즈음도 국민의 대다수가 요구하는데도 정부는 전혀 엉뚱

한 방향으로 나가는 경우가 있다. 그리고 위정자들이나 관료들은 말로만 국민들을 위한다고 얘기하지 일방통행하기 일쑤이다. 민심은 천심이라 하였는데, 국민들이 원하고 바라는 바를 경청하고 들어 주어야 나라가 올바른 길로 나가는 것이 아니겠는가? 숙고해 실행에 옮기기 바란다.

※〈참고〉남구만(南九萬. 1629~1711) : 본관은 의령(宜寧), 자는 운로(雲路), 호는 약천(藥泉)·미재(美齋). 이조정랑, 대사간, 대사성, 전라도·함경도관찰사, 대제학, 형조·병조판서, 영의정 등을 지냈으며, 시호는 문충(文忠)이다. 문사(文詞)와 서화(書畵)에도 뛰어났다. 저서로는 『약천집(藥泉集)』 등이 있다.

9. 〈의훈(醫訓)〉(김석주)

　몇 개월 동안 병을 앓고 난 김씨는 몸이 퍽 수척해졌다. 집안 식구들에게 물으니 너무 심하게 말랐다 하고, 친구에게 물으니 "저런, 자네 왜 이렇게 말랐는가?" 하였으며, 하인들에게 물어보아도 역시 마찬가지 대답이었다. 이에 김씨는 걱정이 되어 얼굴에 수심이 가득했다. 의원에게 진찰을 받아 보려던 차에 의술이 신통하기로 온 나라에 유명한 의원이 이웃 마을에 산다기에 마침내 모셔와 진찰을 받게 되었다. 의원은 자리에 앉아 먼저 유심히 살펴보고 귀 기울여 들어 보더니 앞으로 다가와 맥을 짚어 보고 물러나 앉으며 말하기를, "당신의 소리를 들어 보고 안색을 살펴본 바로는 병이 든 것은 아니고, 맥을 짚어 보니 그전의 병은 이미 다 나았는데 대체 무슨 병을 고치려고 합니까?" 하였다. 김씨가 "몸이 마르는 것을 고치고 싶습니다." 하니, 의원은 어이없어 하며 웃으면서 이렇게 말했다. "그건 제가 고칠 병이 아니군요. 살갗에 든 병은 찜질로 고치고, 혈맥에 든 병은 침으로 고치고, 위장에 든 병은 술로 고쳐서 고치지 못할 병은 업습니다. 그러나 당신의 병은 병이 아니라 마르는 것이니 제가 어떤 치료법을 쓸 수 있겠습니까? 살이 찌는 데는 네 가지 조건이 있는데 당신은 한 가지도 없으니 어떻게 살찔 수 있겠습니까? 네 가지 조건이란 몸을 편하게 하는 것, 맛있고 좋은 음식을 먹는 것, 눈을 즐겁게 하는 것, 귀를 즐겁게 하는 것입니다. 당신은 으리으리한 집에 살면서 화려하게 꾸민 침실에서 잠자고 멋들어진 거실에서 휴식을 취하는 사람 치고 마른 사람 보셨습니까? 날마다 갖가지 고기와 생선으로 진수성찬을 차려 먹는 사람 치고 마른 사람 보셨습니까? 주옥으로 단장한 아름다운 미녀를 수백 명씩 거느리고서 시중을 받는 사람 치고 마른 사람 보셨습니까? 좋은 노래, 아름다운 선율을 감상하며 즐기는 사람 치고 마른 사람 보셨습니까? 이 네 가지가 바로 살찔 수 있는 조건입니다. 그러므로 좋은 집에 살아 편안하여 살이 찌고, 좋은 음식이 맛이 좋아 살이 찌고, 아름다운 미녀에 기분이 좋아 살이 찌고, 아름다운 선율에 즐거워서 살이 찌니, 이 네 가지를 갖추고 있는 사람은 살찌려고 애쓰지 않아도 저절로 살이 찌는 것입니다. 참으로 그런 조건을 갖춘 자들은 살찌는 것이 당연하지만, 지금 당신은 가난하고 또 지위도 낮아 집은 오막살이 초가집이며, 먹는 것은 배고픔이나 면하는 정도이며, 아름다운 미녀들은 본 적도 없고, 좋은 음악은 들은 적도 없을 것입니다. 살찔 수 있는 조건은 하나도 없는데 살찌려고 한다면 끝내는 살도 찌지 못하고 도리어 마음마저 마르게 될 것입니다." 김씨가 "맞습니다. 진짜 저는 그러한 조건은 없으면서 몸이 마르는 것을 고치려 했습니다. 그런데 어떻게 하면 마음을 살찌울 수 있겠습니까?" 하니, 의원은 "이른바 마음을 살찌운다는 것은 좋은 집, 좋은 음식 가지고 되는 것도 아니고 좋은 음악, 아름다운 미녀 가지고 되는 것도 아닙니다. 도덕으로 채우고 인의(仁義)로 윤기를 내어 얼굴이 돋보이고 용모가 수려해지는 것을 말하니, 이는 본래 가지고 있는 것을 온전하게 만들고, 본래부터 없었던 것은 부러워하지 않는 것이며, 자기의 마음을 살찌우고 몸이 마르는 것은 걱정하지 않는 것입니다. 당신은 초(楚)나라 장사꾼의 이야기를 듣지 못하셨습니까? 초나라 장사꾼이 옥으로 유명한 형산(荊山)의 모든 옥을 모았는데, 그 가치는 여러 개의 성(城)으로도 바꿀 수 없을 만큼 값진 것이었습니다. 그런데 이 사람이 어느 날 제(齊)나라에 갔다가 금은보화가 시장에 진열되어 있는 것을 보고는 마음에 들어 옥과 바꾸어 가지고 돌아왔지요. 금은보화라는 것은 진실로 부를 누릴 수 있는 밑천은 되지만 부를 유지시켜 주는 형산의 옥보다는 못합니다. 옥을 이미 잃어버린 그 장사꾼은 마침내 금은보화마저 다 탕진하였지요. 그래서 사람들은 장사를 잘못했다고 말하면서 모두 초나라 장사꾼을 비웃었답니다. 지금 당신은 마음을 살찌우려 하지 않고 본래 없는 것을 구하고 있습니다만, 설령 그것을 얻는다손 치더라도 잘한 장사는 못 되거니와 얻지도 못하고 본래 가지고 있던 것을 먼저 잃어버리게 되면 초나라 장사꾼보다 더한 비웃음거리가 되지 않겠습니까? 그러므로 옛날 현인군자는 먼저 살찌워야 할 바와 고쳐야 할 바를 살폈습니다. 조건이 갖추어져야 살찔 수 있는 것으로 몸을 살찌우지 않고 마음을 살찌웠으며, 몸이 살찌지 않는 것을 병으로 여기지 않고 마음이 마르는 것을 병으로 여겼습니다. 나의 것이 이미 온전하고 남의 것을 부러워함이 없으니 어찌 나의 형옥(荊玉)을 금은보화와 바꾸겠습니까?" 하였다. 김씨가 "말씀 아주 잘 들었습니다. 옛날 분들이 했던 마음의 살찌움에 대해 듣고 싶군요. 역시 보통 사람과는 다르겠지요? 지금 제가 온전하게 하고 싶어도 아마 할 수 없겠지요?" 하니, 의원이 "옛날 분들이 했던 마음의 살찌움에 대해 듣고 싶으시다구요? 당신과 다를 것이 없습니다. 옛날 분들은 이미 온전하게 했고 당신은 앞으로 그렇게 할 것이니, 완전하고 완전하지 않은 것이 다를 뿐입니다. 옛날의 군자는 몸이 마르는 것을 병으로 여긴 적이 없기 때문에 역시 애써 온전해지기를 구하지 않았습니다만 마음은 저절로 온전했습니다. 공자(孔子)께서는 진(陣)나라와 채(蔡)나라에서 굶주리셨지만 성(聖)을 온전히 살찌웠으며, 안연(顏淵)은 형편없는 식생활도 마다하지 않았지만 온전히 어짊[賢]을 살찌웠으며, 백이숙제(伯夷叔齊)는 수양산에서 굶주렸지만 온전히 절개[節]을 살찌웠으며, 굴원(屈原)은 강상(江湘)에서 수척하게 말랐지만 온전히 충성[忠]을 살찌웠으니, 이분들은 오직 의로움[義]만을 좇아 비록 죽더라도 후회하지 않았습니다. 하물며 몸이 마르는 것 때문에 자신의 지조를 바꾸겠습니까? 또한 당신에게 부족한 것은 몸을 살찌우는 데 필요한 것들이고, 마음을 살찌우는 데는 조금도 부족함이 없습니다. 옛날의 군자가 오막살이 했던 것처럼 당신도 오막살이하고 있으니 당신의 거처가 옛날의 군자와 같습니다. 옛날의 군자는 식생활이 보잘것없었는데 당신도 식생활이 보잘것없으니 당신의 식생활이 옛날의 군자와 같습니다. 어지러운 여색(女色)이 당신의 눈을 홀리지 않으니 옛날 분들의 밝은 눈을 유지하고 있으며, 음탕한 노래가 당신의 귀를 어지럽히지 않으니 옛날 분들의 밝은 귀를 유지하고 있는 셈이지요. 자질이 이렇게 훌륭하므로 당신이 온전해지고자 한다면 인(仁)이 바로 온전해질 것입니다. 그러므로 공자께서는 '내가 인을 추구하기만 한다면 인이 곧바로 이를 것이다.'라고 하셨던 것이니 어찌 못할 것이 있겠습니까?" 하였다. 김씨가 이에 일어나 두 번 절하고는 "처음에 제가 주위 사람들의 말을 들었을 때, 식구들은 다만 나를 근심해 주었고, 친구는 다만 나를 가여워했으며, 하인들은 다만 놀라워했습니다. 그러나 결국 당신이 저를 깊이 아껴 주어 들려주신 말씀만은 못합니다. 애초에 저는 몸의 병을 고치려고 당신을 만났는데 이제 당신의 말씀으로 마음의 병을 고쳤습니다. 제가 비록 영민하지는 못하지만 가슴 깊이 새겨 두겠습니다." 하면서 감사를 드렸다.

〈의훈〉

〈의훈〉은 '마르는 병' 이야기로, 김석주의 『식암집(息庵集)』에 실려 있다. 몸이 마르는 것을 병이라고 생각한 김씨는, 고민

끝에 유명한 의원을 초빙해 진료를 받은 결과, 병이 아니라는 진단을 받았다. 그럼에도 김씨는 마르는 것을 고치고 싶다고 하자, 의원은 김씨에게 살이 찌는 네 가지 조건에 하나도 해당되지 않기 때문에 살찔 수 없다고 말한다. 그러면서 살찔 수 있는 조건은 하나도 없는데 살찌려고 한다면 끝내는 살도 찌지 못하고 도리어 마음마저 마르게 될 것이라고 했다. 이에 김씨는 그러면 어떻게 하면 마음을 살찔 수 있냐고 묻자, 의원은 도덕과 인의를 추구하는 삶의 자세를 갖는다면 마음이 살찐다고 답변했다. 이 이야기를 들은 김씨는 몸의 병을 고치려고 의원을 청해 만났는데, 이제 의원의 말대로 마음의 병을 고쳤다면서 가슴에 깊이 새겨 두겠다며 감사를 표했다는 내용이다. 사람이 사는 동안 몸의 살을 찌우기 보다는 마음의 살을 찌워야 하고, 그러기 위해서는 도덕과 인의를 추구하는 삶의 자세를 지향해야 함을 강조하고 있다. 한마디로 올바르게 살라는 의미이다.

20년 전부터 살을 빼려고 다이어트에 열중하는 사람들이 많아지기 시작했고, 그 열풍은 지금도 계속 되고 있다. 뚱뚱한 것보다는 날씬한 것이 아무래도 더 보기 좋고, 그보다 더 좋은 것은 표준 몸매에 몸과 마음이 건강하면 금상첨화일 것이다. 그런데 다이어트 하다 죽는 사람들이 발생하거나 건강을 해친다면, 이는 차라리 안 한 것만 못하다. 요새 집에서나 식당에서나 많이 먹는 사람이 별로 없다. 그만큼 삶의 질이 향상되다 보니 건강을 챙기기 때문에 그런 것이다. 필자가 어린 시절인 1960년대~1970년대 초만 해도 식사 때 밥그릇에 밥을 꾹꾹 눌러 고봉으로 먹는 경우(특히 시골)가 다반사였다. 보릿고개 시절에 먹고 살기 힘든 때라 그랬을 것이다. 그러다 보니 수명도 한 마을에 환갑 때까지 사는 노인들이 별로 없어 환갑만 지나면 상노인네로 취급했다. 지금은 60대는 경로당이나 노인정 등에 명함을 내밀지도 못한다. 마치 애로 취급당한다. 지금 나이가 80세라면 1960년대의 60~65세에 해당될 것이다. 현재 나이의 15~20살을 뺀 나이가 1960년대의 나이일 것이다.

몸도 마음도 건강하게, 나에 맞게 의미 있고 즐겁게 즐기면서 사는 것이 중요하다. 1년에 적어도 1번 이상은 병원에 가서 건강상태를 체크하면서, 우리 모두 몸과 마음이 건강하게 살도록 노력하자.

※〈참고〉 김석주(金錫冑. 1634~1684) : 본관은 청풍(淸風), 자는 사백(斯百), 호는 식암(息庵). 사헌부지평, 홍문관 교리, 도승지, 이조판서 등을 지냈으며, 시호는 문충(文忠)이다. 저서로는 『식암집(息菴稿)』·『해동사부(海東辭賦)』 등이 있다.

10. 〈보망설(補網說)〉(이건명)

  정원홍(鄭元鴻)군은 내가 귀양살이할 때 같이 지낸 사람이다. 그는 그물 손질을 잘하였다. 해어진 그물을 잘 손질해서 날마다 고기를 잡았지만 언제나 성하여 새 그물 같았다. 그 덕에 나는 조석으로 생선을 먹을 수가 있었고, 따라서 반찬 걱정은 하지 않아도 되었다. 정군은 매일같이 그물을 손질하고 고기를 잡곤 하였지만 힘들어하지 않았다. 나는 그 일을 다른 노비들에게 대신 시켜 보았다. 하지만 제대로 해내는 자가 없었다. 그래서 나는 정군에게 "그물 손질은 아무나 해낼 수 없는 특별한 방도가 있는 것이냐?"고 물어보았다. 그러자 정군은 "미련한 노비는 해낼 수 없는 일입니다. 그물이란 본디 벼리(網)와 코(目)가 있는데, 벼리는 코가 없으면 쓸모가 없고, 코는 벼리가 있어야만 펼쳐지는 것입니다. 벼리와 코가 잘 엮어지고 가닥가닥이 엉키지 않아야 사용할 수가 있습니다. 그물을 처음 만들 때에 맨 먼저 벼리를 준비하고 거기에다 코를 엮는데, 가닥가닥이 정연하여 헝클어지지 않도록 합니다. 그러나 모든 물건은 오래되면 망가지게 마련인 것이 세상의 이치입니다. 개나 고기들이 물어뜯고, 좀이나 쥐가 갉아서, 처음에는 그물코가 터지고 나중에는 벼리까지 끊어지게 됩니다. 그러한 그물로 고기를 잡을라치면 마치 깨진 동이에 물 붓기나 마찬가지가 됩니다. 그리고 여기저기 너덜너덜 해져서 손질을 하기가 어렵게 되지요. 그렇게 되면 사람들은 통상 버릴 때가 되었다고들 합니다. 그러나 왜 손질할 수가 없겠습니까? 저는 그 해진 그물을 가지고 돌아와서 바닥에다 펼쳐 놓고 해어진 부분을 자세히 살펴봅니다. 조바심 내거나 신경질 부리지 않고 끈기를 가지고 부지런히 수선을 합니다. 제일 먼저 벼리를 손질하고, 그 다음 코를 손질합니다. 끊긴 벼리는 잇고, 터진 코는 깁는데, 며칠 안 돼서 새 그물 같이 됩니다. 그렇게 되면 버리라고 말했던 사람들은 모두, 헌 것을 고쳐서 새롭게 만든 것인 줄은 알지만, 골똘한 생각과 매우 부지런한 노력이 필요하였다는 것까지는 모릅니다. 만일 버리라는 말을 듣고 손질하지 않았다면 이 그물은 이미 쓸모없이 버려졌을 것입니다. 아니면 설사 손질하고자 하더라도 미련한 종놈에게 맡긴다면, 벼리와 코의 순서가 뒤죽박죽 되게 됩니다. 그렇게 되면 손질하려다가 도리어 헝클어놓게 되는 것이니, 이익을 보려다가 도리어 손해를 보는 경우가 될 것이 뻔합니다. 이후로는 잘 사용하고 잘 간수해서, 해어진 곳이 생기면 바로바로 손질하고, 어리석은 종놈이 헝클어 놓는 일이 없게 한다면, 오래도록 성하게 사용할 수 있을 터이니 무슨 걱정할 일이 있겠습니까?" 하였다. 나는 그의 말을 자세히 다 들은 뒤에 한숨을 쉬고 탄식하면서 이르기를, "자네의 그 말은 참으로 나라를 다스리는 이가 알아야 할 내용이다." 하였다. 아! 벼리는 끊기고 코는 엉키어서 온갖 것이 해이되어 해어진 그물과도 같은 이 말세임인 것을! 끊기고 엉킨 벼리와 코를 보고 모른 체 버려두고 어찌해 볼 수가 없다고 하지 않는 이가 몇이나 되며, 어리석은 종놈에게 맡겨 그르치게 하여 이익을 보려다가 도리어 손해를 당하지 않는 이가 몇이나 되던가? 아! 어떻게 하면 정군과 같이 골똘한 연구와 여유 있고 침착한 손질로, 조바심 내거나 신경질 부리지 않고, 선후를 잘 알아 처리하여 간단하게 정돈해 내는 그런 사람을 만날 수 있을까? 그리고 어떻게 하면 날마다 부지런히 일하면서도 힘들어하지 않고 언제나 완전함을 유지하여 망가지지 않도록 하는 그런 인물을 얻을 수가 있을까? 아!

〈보망설〉

〈보망설〉은 '그물 손질에 대한 이야기'로, 이건명의 『한포재 집(寒圃齋集)』의 「잡저(雜著)」에 실려 있다. 귀양살이를 하며 알게 된 정군과의 대화를 통한 깨달음을 쓴 글이다. 작자는 정군의 그물 손질 이야기를 들었던 경험을 바탕으로, 당대 시대의 현안을 해결할 방도를 유추해 내고 있다. 보잘것없는 고기잡이 그물도 망가뜨리지 않고 잘 고쳐서 사용하기 위해서는 많은 시간과 노력이 드는데, 하물며 나라를 다스리는 일은 두말할 필요가 없다는 것이다. 글쓴이는 나라를 다스리는 일에서도 정군과 같이 꾸준하게 일하는 훌륭한 인재가 필요함을 이야기하고 있다.

〈보망설〉은 유추를 통해 그물 손질의 과정을 현실 정치 상황에 대입하여 어지러운 정치 현실을 비판하고 있다. 작자는 혼란스러운 정치 현실은 '해진 그물'에 비유하고, 혼란을 바로잡지 못하는 위정자를 그물을 망치는 '어리석은 종놈'에 비유하여 현실에 대한 부정적인 인식을 드러내면서, '정군'과 같이 항상 골똘히 연구하고 침착하게 맡은 일을 처리하며 부지런하고 성실한 태도로 노력을 기울일 줄 아는 바람직한 인물을 얻을 수 있기를 소망하고 있다.

작자는 온갖 제도나 윤리 도덕이 무너져가는 혼란한 시대로 인식했다. 그리고 당대 지식인들의 상당수는 이러한 현실에 대해 방관했음을 알 수 있다. 또한 어리석은 이에게 이러한 사회문제를 맡겨 도리어 교각살우(矯角殺牛 : 일을 해결하려다가 더 큰 손해를 봄)하는 경우도 있었음을 알 수 있다. 작자는 이러한 사회의 문제를 골똘한 연구와 침착한 손길과 지혜로 성실하고 꾸준하게 해결해 줄 인재를 간절히 원하고 있는 것이다.

우리는 항상 성실하고 꾸준하게 노력하면서 세상을 살아가야 한다. 총명함도 중요하지만, 이보다 더 중요한 것은 성실하게 꾸준히 노력하는 사람이다. 공부도 그렇다. 학문의 길로 들어서면 머리가 뛰어나게 좋으면서도 성실하고 꾸준히 시종일관 노력하는 학자들도 있지만,(이런 학자들은 극소수이다) 우직하게 끝까지 성실하게 꾸준히 노력하면서 한 우물만 파는 학자들도 있다. 나중엔 이런 학자들이 머리와 명문대 출신만 믿고 별로 노력하지 않는 학자들보다 앞서게 된다. 모든 분야에서도 마찬가지이다. 성실하게 꾸준히 노력하는 사람이 자기가 몸담고 있는 분야에서 최후의 승자가 된다는 사실을 잊지 말자. 이는 정치판도 다를 바 없다. 애국충정의 마음과 자세로 국가와 국민을 위해 겸손함과 함께 성실하게 꾸준히 노력 봉사하는 정치인이 필요하다. 우리 국민들은 이런 정치인들을 발굴해 키워야 할 책임과 의무가 있다. 지금이라도 늦지 않다. 이 작은 땅덩어리의 나라에서 지역감정(그렇게 만든 대표적인 정치인들이 작고한 박정희·김영삼·김대중 전 대통령과 김종필 전 총리임) 운운이 웬말인가? 창피하지도 않은가? 차라리 말도 안 되지만, 경상민국·전라민국·충청민국으로 만드는 것이 어떤가? 그리고 민주주의 연습이 덜 되고 감정에 치우치는 국민들도 문제이다. 국민들이 국가 지도자를 선택할 때는 객관적이고 냉정한 판단을 가지고 뽑아야 한다. 그게 우리나라 국민들은 약간 부족한 것 같다. 21대 대통령을 선출하는 2022년 3월부터 객관적이고 냉정한 판단을 한 다음에 국가와 국민을 위해 제대로 봉사할 수 있는 대통령을 선택하도록 하자.(지금은 탄핵 당하고 형무소에 있지만, 최순실에게 좌지우지 당했던 능력도 별로 없는 박근혜 전 대통령을 뽑은 것도 우리 국민들임). 이는 국회의원과 지방자치단체의 장을 선출할 때도 해당된다. 보수와 진보는 50대 50의 비율로 국회의원 등을 뽑는 것이 제일 좋은 것이지만, 현실에서는 꼭 그렇지 않은 것도 사실이다. 그러나 미국처럼 어느 정도 균형을 맞출 필요가 있다. 그렇다고 해서 여당에게 거의 2/3에 가까운 180명의 국회의원을 뽑아준 것은 아무리 잘못하고 형편없는 야당이라지만 국민들도 문제가 있다. 이로 인해 지금 거대 여당인 여당 국회의원들은 국민들을 위한다는 핑계를 대고, 또는 국민들을 별로 안중에 두지 않고 자기들 마음대로 좌지우지 하고 있지 않나? 이 모두 국민들의 책임이다. 이렇게 만들어 놓고서는 이제 와서 딴소리 한다는 것이 우습지 않나? 우리 국민들의 정치의식·정치수준이 이 정도 밖에 안 되었던가? 다시는 절대로 이런 일이 발생해서는 안 된다. 우리 모두 반성하자.

※〈참고〉 이건명(李健命. 1663~1722)) : 본관은 전주(全州), 자는 중강(仲剛), 호는 한포재(寒圃齋)·제월재(霽月齋). 이조정랑, 우승지, 대사간, 부제학, 형조·호조·예조·이조판서, 좌의정 등을 지냈으며, 시호는 충민(忠愍)이다. 송설체(松雪體) 글씨에 능했다. 저서로는 『한포재집(寒圃齋集)』 등이 있다.

11. 〈잡설(雜說)〉(윤기)

　㉠거미는 공중에 그물을 쳐서 날것들이 걸리기를 기다리는데, 몸집이 작은 모기·파리로부터 몸집이 큰 매미·제비에 이르기까지 모두 다 거미줄로 잡아서 배를 채운다. 한 번은 벌이 거미줄에 걸렸다. 그런데 거미가 그 벌을 급히 거미줄로 동이다가 갑자기 땅에 떨어져 배가 터져 죽었다. 벌침에 쏘인 것이다. 어떤 아이가 벌이 거미줄에서 미처 빠져나오지 못한 것을 보고 손으로 풀어 주려고 하는데 벌이 또 침을 쏘았다. 그러자 아이는 화가 나서 벌을 발로 밟아 뭉개 버렸다. 아! 거미는 날아다니는 온갖 것을 다 거미줄로 잡는 솜씨만 믿고 벌이 침을 쏠 수 있다는 생각은 못하였고, 벌은 침 쏘는 것만을 능사로 여겨 자신을 해치려는 사람과 구해 주려는 사람을 막론하고 만나는 족족 예외 없이 쏘는 바람에 구해 주려던 사람이 도리어 해치게 만들었다. 아이는 거미가 낭패한 것을 다행으로 여길 뿐 벌의 나쁜 점은 생각지 못하였고, 벌이 곤경에서 벗어나기만을 바랄 뿐 벌침의 독이 사람을 해칠 수 있음은 헤아리지 못하였다. 천하의 일이 어찌 이와 같을 뿐이겠는가?

　㉡고양이를 좋아하는 어떤 사람이 고양이 세 마리를 키우고 있었다. 그 중 한 마리는 낮이면 잠만 자고 밤이면 여기저기 돌

　옛사람들의 처신과 글을 통해 배우는 삶의 지혜와 교훈

아다니며 쥐를 잡았다. 그러나 사람들은 이 고양이가 쥐 잡는 모습을 보지 못하였기 때문에 이 고양이는 쥐를 잡을 줄 모른다고 생각하였다. 다른 두 마리는 밤이면 사람 곁에서 잠만 자고 낮에 이따금 쥐를 잡으면 반드시 자랑하며 사람 앞에 물어 왔다. 그러고는 쥐를 가지고 놀며 사람들을 재미나게 해 주었다. 사람들은 모두 이런 행동을 기특하게 여겨 두 마리의 고양이가 습관적으로 음식을 훔치고 닭을 물어뜯어도 꾸짖지 않았다. 세 마리 중 밤에 사냥하는 고양이 때문에 쥐들은 많은 수가 죽고, 죽지 않은 놈들은 모두 멀리 달아났다. 그리하여 마침내 집 안에서 쥐가 완전히 사라졌다. 사람들은 이것이 다른 두 마리의 공이라 생각하고 밤에 사냥하는 고양이를 매질하여 내쫓았다. 그러자 쥐들이 다시 몰려들어 집 안에 온통 쥐가 들끓었다. 지혜로운 사람에게 선택하게 한다면 내쫓긴 한 마리를 키우려 할까? 아니면 나머지 두 마리를 키우려 할까?

ⓒ어떤 사람이 남에게서 강아지를 얻어 와 키우기 시작했는데, 강아지가 어리고 또 새로 왔기 때문에 먹이를 자주 주고 늘 어여삐 어루만져 주었다. 그 집에는 본디 늙은 개가 있었는데, 속으로는 새로 온 강아지를 질투하면서도 겉으로는 아껴 주어 볼 때마다 핥아 주고 보듬어 주고 벼룩과 파리를 물어내 주기도 하였다. 이 때문에 주인은 늙은 개를 의심하지 않았다. 그런데

며칠 뒤에 늙은 개가 마침내 주인이 곤히 잠든 밤을 틈타 강아지의 목을 물어 죽이고 대문 밖에 물어다 놓았다. 이튿날 주인이 일어나자 늙은 개는 주인의 옷자락을 끌어당기며 강아지가 있는 곳으로 나가서 슬피 울며 강아지를 가리켜 보였다. 저 늙은 개는 속으로는 죽이고 싶으면서도 겉으로는 아끼는 시늉을 하여 주인이 의심하지 않게 만들고, 악독한 계획을 실행한 뒤에는 또 강아지가 자기 때문에 죽은 것이 아닌 것처럼 꾸몄으니 참으로 교활하다. 개도 이러한데 하물며 사람이랴!

〈잡설〉

〈잡설〉은 '잡다한 이야기(세 가지)'로, 윤기의 『무명자집(無名子集)』에 실려 있다. 내용은 교훈적인 이야기 세 가지로 다음과 같다. ㉠은 거미줄로 벌을 잡아 동이다가 쏘인 거미, 상대를 가리지 않고 침을 쏘다가 죽임을 당한 벌, 벌을 구해 주려다 쏘인 아이 등을 통해 작자는 즉흥적이고 일면적인 판단으로 인해 스스로 입는 피해를 경계(警戒)하고 있다. 거미·벌·아이 모두 제 한쪽 생각에 치우쳐 낭패 당했음을 지적하고 있다. 한마디로 세상에 믿을 놈 없다는 세태를 꼬집은 것이다.

㉡은 쥐잡기에 열심인 고양이는 내쫓고, 공(功)을 가로채어 사람에게 잘 보이는 고양이를 좋아한 주인을 통해 한쪽으로 치우친 인식으로 인해 전도(顚倒)된 선택을 하는 경우를 경계하고

있다. 사람을 알아보고 앞날을 내다본다는 것이 만만하지 않음을 말하고 있다. 사람을 알아본다는 것, 즉 지인(知人)은 어렵다. '열 길 물속은 알아도 한 길 사람 속은 모른다.'는 속담도 있고, '지인미지심(知人未知心 : 사람은 알아도 그 마음은 알 수 없다)'의 시구도 있다. 그러므로 '지인지감(知人知鑑)'이 있어야 한다. 만약 그것이 없으면 사람이 있어야 할 자리에 있지 못하고 뒤죽박죽 살게 된다. 요지경 속이 되는 또 하나의 원인이 될 것이다.

ⓒ은 새로 온 강아지를 아끼는 척하다가 몰래 물어 죽이고는 슬픈 척하는 늙은 개를 통해 교활한 자의 교묘한 위장술을 경계하고 있다. 겉 다르고 속 다른 마음에 대해 이야기 한 것이다. 작자는 개도 그런데 사람은 더 말해 무엇 하겠느냐고 반문했다. '강아지'와 '늙은 개'라는 신구(新舊)간의 대립을 전제로 한 동류(同類) 사이의 갈등이다. 늙은 개는 아마도 기득권을 자신의 고유 권리로 여기는 수구파의 인물로 환유될 듯싶다. 그래서 그는 기득권을 빼앗길 때 죽살이치며 싸움을 벌이기 십상이다. 작자는 당시의 신구(新舊)간 뿐만 아니라, 한편으로는 당파간의 갈등·정쟁을 은근하게 비판하려는 의도도 내비치고 있는 것 같다. '홀로서기'라는 말이 생각난다. 어느 누구에 기대지 않고 홀로 서서 내 자신을 지킬 수 있다면, 들개가 되었건 늙은 개가 되었건 두려울 것이 없지 않겠는가? 그게 쉬운 일은 아니지만…….

사람이 세상을 살아가면서 편벽되고 일방적이다 보면 패가

망신 일보 직전까지 갈 수도 있다. 그리고 그 사람이 어떤 사람인가를 알아 이에 잘 대처하는 것 역시 어렵다. 특히 위정자나 고위관료, 기업의 총수들은 아랫사람들이 어떤 사람인가를 알아 이들을 적재적소에 등용 배치해 능력을 발휘할 수 있도록 해야 한다. 제대로 하면 능력 있는 지도자로 평가 받겠지만, 그러나 이 일 또한 결코 쉽지 않다. 그리고 요즈음은 예전보다 신세대 젊은이들과 구세대 노인들 간의 갈등이 더 심한 듯하다. 가정교육·학교교육·세태 등의 요인과 함께 서로 이해·인식 부족 때문에 그런 것이다. 이를 해소하기 위해서는 해소방안 모색과 함께 서로 이해 노력해야 할 것이다. 뿐만 아니라 옛날이나 지금이나 화장실 들어갈 때와 나올 때가 다른 사람들이 있다. 이런 사람들과 절대 상종하면 안 된다. 상종하게 되면 반드시 해를 입는다. '면종복배(面從腹背)에 해당하는 인간들이다. 위정자나 관료, 기업의 사장 등은 이런 인간들을 절대 가까이 두어서는 안 된다. 시종일관 신의가 있고, 반듯하고 올바르고 사람다운 사람으로 살아갔으면 하는 바람이다.

※〈참고〉 윤기(尹愭. 1741~1826) : 본관은 파평(坡平), 자는 경부(敬夫), 호는 무명자(無名子). 승문원정자, 남포현감, 황산찰방, 호조참의 등을 지냈다. 『정조실록』 편찬 시 편찬관으로 참여하였다. 저서로는 『무명자집(無名子集)』 등이 있다.

12. 〈간서치전(看書痴傳)〉(이덕무)

목멱산(木覓山 : 남산의 별칭) 아래 어떤 어리석은 사람이 살았는데, 어눌하여 말을 잘하지 못하였으며, 성격이 졸렬하고 게을러 시무(時務)를 알지 못하고, 바둑이나 장기는 더욱 알지 못하였다. 남들이 욕을 하여도 변명하지 않고, 칭찬을 하여도 자긍(自矜)하지 않고 오직 책보는 것으로 즐거움을 삼아 추위나 더위나 배고픔을 전연 알지 못하였다. 어렸을 때부터 21세가 되기까지 일찍이 하루도 고서(古書)를 손에서 놓은 적이 없었다. 그의 방은 매우 적었다. 그러나 동창·남창·서창이 있어 동쪽 서쪽으로 해를 따라 밝은 데에서 책을 보았다. 보지 못한 책을 보면 문득 기뻐서 웃으니, 집안사람들은 그의 웃음을 보면 기이한 책[奇書]을 구한 것을 알았다. 자미(子美 두보〈杜甫〉의 자)의 오언율시(五言律詩)를 더욱 좋아하여 앓는 사람처럼 웅얼거리고, 깊이 생각하다가 심오한 뜻을 깨우치면 매우 기뻐서 일어나 주선(周旋 : 왔다 갔다 걸어 다니는 것) 하는데, 그 소리가 마치 갈 까마귀가 짖는 듯하였다. 혹은 조용히 아무 소리도 없이 눈을 크게 뜨고 멀거니 보기도 하고, 혹은 꿈꾸는 사람처럼 혼자서 중얼거리기도 하니, 사람들이 지목하여 간서치(看書痴 : 책만 보는 바보)라 하여도 웃으며 받아들였다. 그의 전기(傳記)를 써 주는 사람이 없기에 붓을 들어 그 일을 써서 〈간서치전(看書痴

傳》》을 만들고 그의 성명은 기록하지 않는다.

〈간서치전〉

〈간서치전〉은 '책만 읽는 바보 이야기'로, 이덕무의 『청장관
전서(靑莊館全書)』의 「영처문고(嬰處文稿)」에 실려 있다. '서치'
란 국어사전에 보면 '책읽기에만 골몰하여 세상일을 돌보지 않
는 어리석은 사람'이라고 풀이되어 있다. 조선시대 그런 사람들
이 있었는데, 그 대표적인 사람 가운데 한 사람을 꼽으라면 정조
때 규장각 초대 검서관(檢書官)을 지낸 이덕무를 들 수 있다.
이덕무는 자신이 쓴 〈간서치전〉에서 자신을 '간서치(看書癡)'라
고 불렀다. '간서치'란 '책만 읽는 멍청이'란 뜻이다. 자신의 못난
삶을 폭로하고 조롱하는 자조적인 글이다. 이덕무는 젊은 시절
책만 읽고 집안을 돌보지 않아 어머니와 여동생이 영양실조로
죽었다고 고백하면서 자신의 신세와 처지를 한탄하는 글을 남겼
다. 요즈음 같으면 정신 나간 사람, 현실 감각이 없는 꽉 막힌
사람이라고 하여 사람 취급도 안 했을 것이다. 하기야 강도는
약하겠지만 그 당시에도 그랬을 것이다. 어쨌든 그 후 이덕무는
실력을 인정받아 15년간 검서관 직에 있으면서 정조의 총애를
받았으니 그가 독서를 한 것이 그렇게 무기력한 것만은 아니었
다. 그러나 어머니와 여동생을 보살피지 않아 죽게 한 것은 지나
친 면이 있다. 독서가 중요하고 생활화 해야겠지만 지금은 이렇

게 까지 할 필요는 없다고 본다.

독자가 이 글을 처음 읽을 때에는 '세상에 이런 바보가 다 있나!'라고 바보를 볼 때의 우쭐함과 안도감 같은 것을 느끼겠지만, 읽어갈수록 사랑스럽고 한편으로는 그의 집중이 두렵기까지 할 것이다. 이덕무는 이렇게 바보 같은 자기 인생의 색채를 아끼고 있다. 남들이 책벌레라고 놀리는 것을 '기쁘게 받아들인다.'고 했다. 이덕무처럼 절망적인 악조건을 책과 견디면서 자신을 높여가면 기회가 온다. 물론, 서자 출신이 규장각 검서관이라는 벼슬에 오를 수 있는 것은 그의 능력만 가지고는 이룰 수 없는 일이다. 정조라는 열린 사고를 가진 군주와 서자도 학식이 갖춰지면 벼슬에 나갈 수 있는 시대적 상황이 그에게는 다른 시대의 서자보다도 운이 좋았다고 할 수 있다. 하지만 우리는 여기서 평범한 진리를 새겨봐야 한다. 기회는 누구에게나 오지만 그 기회를 잡을 수 있는 사람은 준비하는 사람뿐이라는 진리를.

부모들에게 자녀와 함께 자주 도서관을 찾아 좋은 독서습관을 들여놓기를 권장한다. 부모가 자녀에게 독서하는 모습을 보여주는 것보다 더 좋은 것은 없다. 참고로 빌 게이츠, 워렌 버핏 등 같은 시대를 살고 있는 세계적인 부호들이 가진 공통적인 특징도 독서광이란 점이다. 9월만 되면 흔히 '독서의 달'이라고 하여 한 달간 독서문화의 확산을 위해 전국의 공공도서관에서 다양한 독서캠페인과 함께 이벤트가 열리곤 한다. 독서문화의 확산을 위해, 그리고 독서와는 담을 쌓는 사람들이 많다 보니 이런 프로그램도 생겼는지 모른다. 그러나 독서는 일상화다. 독서를 취미라고 자랑스럽게 이야기 하는 사람은 좀 이상하고 무지한 사람이다. 독서는 취미가 아니고 생활화이기 때문이다. 그리고 책은 가을만 읽는 것이 아니라 시간이 있을 때마다 읽는 것은 당연한 일. 독자들은 각자 자신이 1년에 몇 권의 책을 읽는지 헤아려보기 바란다. 독서해서 남 주는 거 아니다. 독서는 마음의 양식이라고 했다. 우리도 서음(書淫 : 책읽기를 지나치게 즐기는 일) 같은 사람이 된다고 해서 나쁠 것은 없으리. 열심히 독서하자.

※〈참고〉이덕무(李德懋. 1741~1793) : 본관은 전주(全州), 자는 무관(懋官), 호는 형암(炯庵)·아정(雅亭)·청장관(靑莊館)·영처(嬰處)·동방일사(東方一士)·신천옹(信天翁). 서자 출신이라 크게 등용되지 못하고, 내각검서관, 적성현감, 사옹원 주부 등을 지냈다. 실학자로 박학다식하고 고문의 기문이서(奇文異書)에 달통했으며, 문명을 일세에 떨쳤다. 글씨도 잘 썼고 그림도 잘 그렸는데, 특히 지주(蜘蛛)와 영모(翎毛)를 잘 그렸다고 한다. 저서로는 청장관전서(『靑莊館全書』)·『관독일기(觀讀日記)』·『이목구심서(耳目口心書)』·『영처시고(嬰處詩稿)』·『영처문고(嬰處文稿)』·『예기고(禮記考)』·『편찬잡고(編纂雜稿)』·『기년아람(紀年兒覽)』·『사소절(士小節)』·『청비록(淸脾錄)』·『뇌뢰낙락서

(磊磊落落書)』·『앙엽기(盎葉記)』·『입연기(入燕記)』·『한죽당
수필(寒竹堂隨筆)』·『천애지기서(天涯知己書)』·『열상방언(洌
上方言)』·『협주기(峽舟記)』등이 있다.

13. 〈조선말 주영 공사 서리의
외교적 문서와 유서〉(이한응)

㉠영국과 프랑스는 러시아와 일본의 갈등을 해소시키고, 만주와 조선에서의 그들의 상호 이익을 보장하는 심판관의 역할을 수행해야 한다. 외교적으로 4국 조약(영국, 프랑스, 러시아, 일본)을 맺어서, 한반도에서 일본이나 러시아로 힘이 쏠릴 경우에 영국과 프랑스는 균형을 다시 복원하는 균형추의 역할을 수행해야만 한다. 그게 동아시아의 평화, 나아가서는 세계평화를 유지하는 길이다.

〈이한응이 영국 외무성에 보낸 메모 中〉

㉡오호라 나라의 주권이 없어지고, 사람의 평등이 없어졌으니 모든 교섭에 치욕이 망극할 따름이다. 진실로 혈기를 가진 사람이라면 어찌 참고 견디리오. 나라가 장차 무너지고, 온 민족이 남의 노예가 되리라. 산다는 것은 욕만 더할 따름이다. 이 어찌 죽는 것보다 낫겠느냐. 죽을 뜻을 매듭지으니 다시 할 말이 없노라.

〈이한응의 유서 中〉

구한말 주영 공사 서리 이한응은 한반도 중립화 방안을 통하여 조선의 주권과 독립, 현상 유지를 위해 영국 정부가 노력해 줄 수 있는지 영국 외무성에 꾸준히 질의서를 보내며 노력을 하였다. 이한응은 조선의 평화가 유럽의 세력균형과 연관된 문제이기에, 조선의 독립은 극동의 평화만이 아니라 세계의 평화와도 직결된다는 논리를 내세워서 외무성 관리들을 설득시키려고 하였다. 또한 그는 세계의 세력균형이라는 점에서 극동지역에서의 적대적 관계를 설명하였다. 이에 대해 영국 정부는 한반도의 상황이 어떻게 전개될지 모르는 상황에서 조선의 독립을 지지해 달라는 이한응의 요구에 대해 난색을 표명하게 된다. 결국 이한응은 뜻을 이루지 못한다. 실제로 1905년 2월에 일본은 해외에 나가있는 조선의 외교관을 소환하라는 압박을 조선 황제에게 가하게 된다. 이와 같은 제국주의적 흐름을 그 본거지인 영국의 수도 런던에서 뼈저리게 보고 느끼던 이한응은 일개 외교관의 힘으로는 어찌할 수 없음을 깨닫고는 끝내 자결의 길을 택하게 된다.

광무 9년(1905) 을사 5월 12일(음력 4월9일) 주영 공사서리 이한응은 숙식을 겸하고 있던 공사관에서 이 같은 심회를 언급한 유서와 함께 생가의 큰형 한풍(漢豊)과 부인 진주(晋州) 강씨에게 보내는 유언장을 남겨 놓고 주영공사관 부근 이발소에서 이발을 한 후, 공사관으로 돌아와 조용히 앉아 독약 그릇을 들어 마셨다. 그의 유서를 보면 영국 은행에 예치한 월급 가운데 천여 원은 반드시 시체운반비로 쓰고, 식비 등 세세한 부분까지 언급한 후, 생가의 동생 한승의 아들을 양자로 삼아 줄 것과 부인에게 어린 딸을 잘 기르라는 등의 유언을 남겼다. 여기서 그의 성품의 일면을 엿볼 수 있다.(필자가 조사한 바에 의하면, 그의 죽음에 대해 국내의 황성신문을 비롯해 영국의 *LONDON TIMES* 등 2-3개 신문에 보도된 것을 확인하였다.)

영국 공사 서리 이한응의 죽음은 1905년 후반 이후의 대외관계에 큰 영향을 미치게 된다. 이한응의 자결 소식을 들은 고종황제는 일단 파리주재 공사관 직원 중 한 명을 우선 런던으로 파견하기로 결정한다. 그러나 재외한국공사관을 폐쇄하려는 일본의 압력에 굴복하여 공사임명을 포기하게 된다. 결국 같은 해 7월에 런던뿐만이 아니라 파리 · 베를린 · 워싱턴에 있던 공사관마저 폐쇄하고 그 곳에 근무하던 외국인 고문들도 해임되기에 이른다. 이로부터 한 달 후 조선의 독립조항이 삭제된 제 2차 영 · 일 동맹이 성립되어 영국은 조선에 있어서의 일본의 우월적 지위를 인정하게 된다.

이한응의 죽음은 한국과 일본 간에 보호조약이 체결되기 이전에 이루어짐으로 인해서 순국 제1호라 할 수 있다.(필자가 학계에 소개한바 있음) 이는 1905년 11월에 체결된 보호조약에 울분을 참지 못하고 자결한 민영환 등 수명의 지사들 보다 더욱 빠른 것이었다. 이한응은 머나먼 이국에서 조국의 밝지 못한 미래, 망국의 조짐을 예견하고 자결이라는 최후의 수단으로 항거한 최초의 한국인이었던 것이다.

요즈음도 일본은 뻑 하면 독도와 위안부 문제를 꺼내 든다. 특히 선거철이 되면 더 그렇다. 일본인들 태반은 독일인들과 달리 반성할 줄을 모른다. 나라가 약하면 더욱 그렇다. 필자는 민족주의자나 국수주의자는 아니지만, 특단의 조치를 내릴 때가 도래하는 것 같다. 우리도 일본을 강제로 병합해서는 안 되겠지만, 언젠가는 일본을 좌지우지 할 수 있는 기회가 반드시 올 것이다. 그런 기회가 오게 되면 반드시 성사시켜야 한다. 우리는 그 때를 기다리며 마음속으로 칼을 갈면서 만반의 준비를 하는 가운데 최선을 다해 열심히 살자. 국민들이여! 애국충정의 마음과 자세 아래 대한민국을 반드시 부국강병의 나라로 만들자.

※〈참고〉이한응(李漢應1874~1905) : 본관은 전의(全義). 자는 경천(敬天), 호는 국은(菊隱). 용인 출신. 한성부주사, 관립영어학교(官立英語學校) 교관을 역임하였다. 영국·벨기에 주차공사관 3등참사관(駐箚公使館三等參事官)에 임명되어 영국 런던으로 부임하였다. 그 후 주영공사 민영돈(閔泳敦)의 귀국으로 서리공사에 임명되어 대영 외교의 모든 책임을 지고 활약하였다. 일본이 한국 정부의 주권을 강탈할 음모를 획책하자 이를

개탄하여 1905년 5월 12일 음독자살하였다. 순국 제1호의 인물이다. 1962년 건국훈장 국민장 추서.

14. 〈독립선언서〉(최남선, 손병희, 한용운 등)

〈3.1 독립선언서〉

우리는 이에 우리 조선이 독립한 나라임과 조선 사람이 자주적인 민족임을 선언한다. 이로써 세계 만국에 알리어 인류 평등의 큰 도의를 분명히 하는 바이며, 이로써 자손만대에 깨우쳐 일러 민족의 독자적 생존의 정당한 권리를 영원히 누려 가지게 하는 바이다. 5천 년 역사의 권위를 의지하여 이를 선언함이며, 2천만 민중의 충성을 합하여 이를 두루 펴서 밝힘이며, 영원히 한결같은 민족의 자유 발전을 위하여 이를 주장함이며, 인류가 가진 양심의 발로에 뿌리박은 세계 개조의 큰 기회와 시운에 맞추어 함께 나아가기 위하여 이 문제를 내세워 일으킴이니, 이는 하늘의 지시이며 시대의 큰 추세이며, 전 인류 공동 생존권의 정당한 발동이기에, 천하의 어떤 힘이라도 이를 막고 억누르지 못할 것이다.

낡은 시대의 유물인 침략주의, 강권주의에 희생되어, 역사가 있은 지 몇 천 년 만에 처음으로 다른 민족의 압제에 뼈아픈 괴로움을 당한 지 이미 10년이 지났으니, 그 동안 우리의 생존권을 빼앗겨 잃은 것이 그 얼마이며, 정신상 발전에 장애를 받은 것이 그 얼마이며, 민족의 존엄과 영예에 손상을 입은 것이 그 얼마이며, 새롭고 날카로운 기운과 독창력으로 세계 문화에 이바지하고 보탤 기회를 잃은 것이 그 얼마나 될 것이냐?

슬프다! 오래 전부터의 억울함을 떨쳐 펴려면, 눈앞의 고통을 헤쳐 벗어나려면, 장래의 위협을 없애려면, 눌러 오그라들고 사그라져 잦아진 민족의 장대한 마음과 국가의 체모와 도리를 떨치고 뻗치려면, 각지의 인격을 정당하게 발전시키려면, 가엾은 딸 아들에게 부끄러운 현실을 물려주지 않으려면, 자자손손에게 영구하고 완전한 경사와 행복을 끌어 대어 주려면, 가장 크고 급한 일이 민족의 독립을 확실하게 하는 것이니, 2천만의 사람마다 마음의 칼날을 품어 굳게 결심하고, 인류 공통의 옳은 성품과 이 시대의 지배하는 양심이 정의라는 군사와 인도라는 무기로써 도와주고 있는 오늘날, 우리는 나아가 취하매 어느 강자를 꺾지 못하며, 물러가서 일을 꾀함에 무슨 뜻인들 펴지 못하랴!

병자수호조약 이후, 때때로 굳게 맺은 갖가지 약속을 배반하였다 하여 일본의 신의 없음을 단죄하려는 것이 아니다. 그들의 학자는 강단에서, 정치가는 실제에서, 우리 옛 왕조 대대로 닦아 물려받아 온 업적을 식민지의 것으로 보고, 문화 민족인 우리를 야만족같이 대우하며 다만 정복자의 쾌감을 탐할 뿐이요, 우리의 오랜 사회 기초와 뛰어난 민족의 성품을 무시한다 해서 일본의 의리 없음을 꾸짖으려는 것도 아니다. 스스로를 채찍질하고, 격려하기에 바쁜 우리는 남을 원망할 겨를이 없다. 현 사태를 수습하여 아물리기에 급한 우리는 묵은 옛 일을 응징하고 잘못을 가릴 겨를이 없다. 오늘 우리에게 주어진 임무는 오직 자기 건설이 있을 뿐이요, 결코 묵은 원한과 일시적 감정으로써 남을 시새워 쫓고 물리치려는 것이 아니로다. 낡은 사상과 묵은 세력에 얽매여 있는 일본 정치가들의 공명에 희생된 불합리하고 부자연스럽게 빠진 이 어그러진 상태를 바로잡아 고쳐서, 자연스럽고 합리적이며 올바르고 떳떳한 큰 근본이 되는 길로 돌아오게 하고자 함이로다. 당초에 민족적 요구로부터 나온 것이 아니었던 두 나라 합방이었으므로, 그 결과가 필연코 위압으로 유지하려는 일시적 방편과 민족 차별의 불평등과 거짓 꾸민 통계 숫자에 의하여 서로 이해가 다른 두 민족 사이에 영원히 함께 화합할 수 없는 원한의 구덩이를 더욱 깊게 만드는 오늘의 실정을 보라! 날래고 밝은 과단성으로 묵은 잘못을 고치고, 참된 이해와 동정에 그 기초를 둔 우호적인 새로운 판국을 타개하는 것이 피차간에 화를 쫓고 복을 불러들이는 빠른 길인 줄을 분명히 알아야 할 것이 아닌가. 또, 원한과 분노에 쌓인 2천만 민족을 위력으로 구속하는 것은 다만 동양의 영구한 평화를 보장하는 길이 아닐 뿐 아니라, 이로 인하여서 동양의 안전과 위태함을 좌우하는 굴대인 4억만 지나 민족이 일본에 대하여 가지는 두려워함과 시새움을 갈수록 두텁게 하여, 그 결과로 동양의 온 판국이 함께 넘어져 망하는 비참한 운명을 가져올 것이 분명하니, 오늘날 우리 조선의 독립은 조선 사람으로 하여금 정당한 생존과 번영을 이루게 하는 동시에 일본으로 하여금 그릇된 길에서 벗어나 동양을 붙들어 지탱하는 자의 중대한 책임을 온전히 이루게 하는 것이며, 지나(支那)로 하여금 꿈에도 잊지 못할 괴로운 일본 침략의 공포심으로부터 벗어나게 하는 것이며, 또 동양 평화로써 그 중요한 일부를 삼는 세계 평화와 인류 행복에 필요한 단계가 되게 하는 것이다. 이 어찌 사소한 감정상의 문제이리요?

아아, 새로운 세계가 눈앞에 펼쳐졌도다. 위력의 시대는 가고, 도의의 시대가 왔도다. 과거 한 세기 내 갈고 닦아 키우고 기른 인도적 정신이 이제 막 새 문명의 밝아 오는 빛을 인류 역사에 쏘아 비추기 시작하였도다. 새봄이 온 세계에 돌아와 만물의 소생을 재촉하는구나. 혹심한 추위가 사람의 숨을 막아 꼼짝 못 하게 한 것이 저 지난 한때의 형세라 하면, 화창한 봄바람과 따뜻한 햇볕에 원기와 혈맥을 떨쳐 펴는 것은 이 한때의 형세이니, 천지의 돌아온 운수에 접하고 세계의 새로 바뀐 조류를 탄 우리는 아무 주저할 것도 없으며, 아무 거리낄 것도 없도다. 우리의 본디부터 지녀 온 권리를 지켜 온전히 하여 생명의 왕성한 번영을 실컷 누릴 것이며, 우리의 풍부한 독창력을 발휘하여 봄기운 가득한 천지에 순수하고 빛나는 민족 문화를 맺게 할 것이로다.

우리는 이에 떨쳐 일어나도다. 양심이 우리와 함께 있으며,

진리가 우리와 함께 나아가는 도다. 남녀노소 없이 어둡고 답답한 옛 보금자리로부터 활발히 일어나 삼라만상과 함께 기쁘고 유쾌한 부활을 이루어 내게 되었도다. 먼 조상의 신령이 보이지 않는 가운데 우리를 돕고, 온 세계의 새 형세가 우리를 밖에서 보호하고 있으니 시작이 곧 성공이다. 다만, 앞길의 광명을 향하여 힘차게 곧장 나아갈 뿐이로다.

공약 3장

1. 오늘 우리의 이번 거사는 정의, 인도와 생존과 영광을 갈망하는 민족 전체의 요구이니, 오직 자유의 정신을 발휘할 것이요, 결코 배타적인 감정으로 정도에서 벗어난 잘못을 저지르지 마라.
1. 최후의 한 사람까지 최후의 일각까지 민족의 정당한 의사를 시원하게 발표하라.
1. 모든 행동은 질서를 존중하며, 우리의 주장과 태도를 어디까지나 떳떳하고 정당하게 하라.

조선을 세운 지 4252년 3월 1일 조선민족대표

손병희 김선주 이필주 백용성 김완규 김병조 김창준 권동진
권병덕 나용환 나인협 양전백 양한묵 유여대 이갑성 이명룡
이승훈 이종훈 이종일 임예환 박준승 박희도 박동완 신홍식
신석구 오세창 오화영 정춘수 최성모 최 린 한용운 홍병기
홍기조

〈宣言書〉

　吾等은玆에我朝鮮의獨立國임과朝鮮人의自主民임을宣言하
노라此로써世界萬邦에告하야人類平等의大義를克明하며此로
써子孫萬代에誥하야民族自存의正權을永有케하노라半萬年歷
史의權威를仗하야此를宣言함이며二千萬民衆의誠忠을合하야
此를佈明함이며民族의恒久如一한自由發展을爲하야此를主張
함이며人類的良心의發露에基因한世界改造의大機運에順應幷
進하기爲하야此를提起함이니是ㅣ天의明命이며時代의大勢ㅣ
며全人類共存同生權의正當한發動이라天下何物이던지此를沮
止抑制치못할지니라
　舊時代의遺物인侵略主義强權主義의犧牲을作하야有史以
來累千年에처음으로異民族箝制의痛苦를嘗한지今에十年을過

한지라我生存權의剝喪됨이무릇幾何ㅣ며心靈上發展의障礙됨이무릇幾何ㅣ며民族的尊榮의毀損됨이무릇幾何ㅣ며新銳와獨創으로써世界文化의大潮流에寄與補裨할機緣을遺失함이무릇幾何ㅣ뇨

噫라舊來의抑鬱을宣暢하려하면時下의苦痛을擺脫하려하면將來의脅威를芟除하려하면民族的良心과國家的廉義의壓縮銷殘을興奮伸張하려하면各個人格의正當한發達을遂하려하면可憐한子弟에게苦恥的財産을遺與치안이하려하면子子孫孫의永久完全한慶福을導迎하려하면最大急務가民族的獨立을確實케함이니二千萬各個가人마다方寸의刃을懷하고人類通性과時代良心이正義의軍과人道의干戈로써護援하는今日吾人은進하야取하매何强을挫치못하랴退하야作하매何志를展치못하랴

丙子修好條規以來時時種種의金石盟約을食하얏다하야日本의無信을罪하려안이하노라學者는講壇에서政治家는實際에서我祖宗世業을植民地視하고我文化民族을土昧人遇하야한갓征服者의快를貪할쑨이오我의久遠한社會基礎와卓犖한民族心理를無視한다하야日本의少義함을責하려안이하노라自己를策勵하기에急한吾人은他의怨尤를暇치못하노라現在를綢繆하기에急한吾人은宿昔의懲辨을暇치못하노라今日吾人의所任은다만自己의建設이有할쑨이오決코他의破壞에在치안이하도다嚴肅한良心의命令으로써自家의新運命을開拓함이오決코舊怨과

一時的感情으로써他를嫉逐排斥함이안이로다舊思想舊勢力에
覊縻된日本爲政家의功名的犧牲이된不自然又不合理한錯誤狀
態를改善匡正하야自然又合理한正經大原으로歸還케함이로다
當初에民族的要求로서出치안이한兩國併合의結果가畢竟姑息
的威壓과差別的不平과統計數字上虛飾의下에서利害相反한兩
民族間에永遠히和同할수업는怨溝를去益深造하는今來實績을
觀하라勇明果敢으로써舊誤를廓正하고眞正한理解와同情에基
本한友好的新局面을打開함이彼此間遠禍召福하는捷徑임을明
知할것안인가쏜二千萬含憤蓄怨의民을威力으로써拘束함은다
만東洋의永久한平和를保障하는所以가안일쑨안이라此로因하
야東洋安危의主軸인四億萬支那人의日本에對한危懼와猜疑를
갈스록濃厚케하야그結果로東洋全局이共倒同亡의悲運을招致
할것이明하니今日吾人의朝鮮獨立은朝鮮人으로하야금正當한
生榮을遂케하는同時에日本으로하야금邪路로서出하야東洋支
持者인重責을全케하는것이며支那로하야금夢寐에도免하지못
하는不安恐怖로서脫出케하는것이며쏜東洋平和로重要한一部
를삼는世界平和人類幸福에必要한階段이되게하는것이라이엇
지區區한感情上問題ㅣ리오

　　아아新天地가眼前에展開되도다威力의時代가去하고道義의
時代가來하도다過去全世紀에鍊磨長養된人道的精神이바야흐
로新文明의曙光을人類의歷史에投射하기始하도다新春이世界

에來하야萬物의回穌를催促하는도다凍氷寒雪에呼吸을閉蟄한
것이彼一時의勢 l 라하면和風暖陽에氣脈을振舒함은此一時의
勢 l 니天地의復運에際하고世界의變潮를乘한吾人은아모蹰躇
할것업스며아모忌憚할것업도다我의固有한自由權을護全하야
生旺의樂을飽享할것이며我의自足한獨創力을發揮하야春滿한
大界에民族的精華를結紐할지로다

　　吾等이玆에奮起하는도다良心이我와同存하며眞理가我와幷進
하는도다男女老少업시陰鬱한古巢로서活潑히起來하야萬彙羣
象으로더부러欣快한復活을成遂하게되도다千百世祖靈이吾等
을陰佑하며全世界氣運이吾等을外護하나니着手가곳成功이라
다만前頭의光明으로驀進할짜름인뎌

公約三章

一. 今日吾人의此擧는正義,人道,生存,尊榮을爲하는民族的要求
　　 l 니오즉自由的精神을發揮할것이오決코排他的感情으로
　　逸走하지말라
一. 最後의一人까지最後의一刻까지民族의正當한意思를快히發
　　表하라
一. 一切의行動은가장秩序를尊重하야吾人의主張과態度로하야
　　금어대까지던지光明正大하게하라

朝鮮建國四千二百五十二年三月 日 朝鮮民族代表

孫秉熙 吉善宙 李弼柱 白龍城 金完圭 金秉祚 金昌俊 權東鎭
權秉悳 羅龍煥 羅仁協 梁甸伯 梁漢默 劉如大 李甲成 李明龍
李昇薰 李鍾勳 李鍾一 林禮煥 朴準承 朴熙道 朴東完 申洪植
申錫九 吳世昌 吳華英 鄭春洙 崔聖模 崔　麟 韓龍雲 洪秉箕
洪基兆

〈3.1 독립선언서〉

〈3.1 독립선언서〉(1919년 3.1 운동 때 발표된 한국〈조선〉의
독립을 세계만방에 알리기 위해 작성된 장문의 선언서. 기미독
립선언서라고도 한다)는 민족대표 33인의 공동명의로 발표되었
으며, 초안을 쓴 사람은 최남선, 대원칙을 세운 사람은 손병희라
고 한다. 손병희가 독립선언서를 고쳐 쓰려고 했으나 시일이 얼
마 안 남아 대원칙만 썼다고 한다. 처음에는 여러 단체에서 서로
자기 단체의 이름을 먼저 올리겠다고 격렬히 싸우자, 기독교계
통으로 참여한 이승훈의 훈계로 결국 연장자이자 주최자인 손병
희가 대표로 첫 번째로 실렸다. 그리고 한용운의 주장으로 뒷부
분에 '공약 3장'이 추가되었다.

　선언서의 내용은 크게 다음과 같이 나눌 수 있다. 선언의 내
용과 취지, 독립 선언의 배경, 일제로 인한 한민족의 고통, 독립

의 정당성과 필요성, 시국에 대해 우리가 가져야 할 태도, 독립의 의의, 독립에 대한 결의 등이다.

〈3.1 독립선언서〉는 다른 선언문에 비해 상당히 온건하다. 비슷한 시기에 발표된 '무오독립선언서'는 물론, 신채호의 '조선혁명선언서'와 비교하면 확실하게 알 수 있다. 이 선언문에는 무력을 이용해 투쟁하자는 내용은 눈을 씻고 봐도 찾아 볼 수 없다. 오로지 '정의라는 이름의 군대'와 '인도주의라는 이름의 무기'에 힘입어 독립을 주장할 뿐이며 '우리는 일본의 배신을 죄주거나 무도함을 책망하려는 것이 아니다', '지난 잘못을 꾸짖을 겨를이 없다'는 등의 내용도 들어 있다. 일제 통치로 인한 고통을 호소하는 부분도 일제에 합병되어 세계 문화에 기여할 기회를 잃었다는 식의 애매모호한 글귀로 일관되어 아쉬움을 주고 있다. 〈3.1 독립선언서〉는 독립선언이라기보다는 일제 당국을 상대로 "지금 세계 추세가 독립이니까, 우리 조선도 독립시켜 달라. 결코 당신네 일본과 싸우거나 반대하려는 것이 아니다."라는 식의 일종의 청원서에 가깝다. 이렇게 온건한 독립선언서가 나올 수 있었던 것은 당시의 국제사회와 관련이 있다. 당시 미국 대통령 우드로 윌슨이 천명한 민족자결주의와 제1차 세계대전 직후 오스트리아-헝가리 제국, 오스만 제국의 해체로 자주독립 의지만 보이면 독립할 수 있다는 낙관론이 퍼져 있었다. 그러나 결과적으로 기미독립선언서를 작성한 사람들이 바라던 것과 같은 식민지 독립은 일어나지 않았다. 그래서 사회주의 성향의 독립운동가 김산은 이를 맹렬하게 비판하였고, 일부 NLPDR(민족해방민중민주주의혁명론 옹호자들) 성향의 사학자들은 현대에 이르러서도 이를 지적하고 있는 것이 사실이다. 그럼에도 불구하고 1,762자로 된 독립선언서에는 조국의 독립을 선언하는 내용과 인도주의에 입각한 비폭력적이고 평화적인 방법으로 민족자결에 의한 자주 독립의 전개 방법을 제시하고 있을 뿐 아니라, 독립선언서가 전국 각지로 전달·배포되면서 거족적인 3·1운동의 전개에 있어 결정적인 구실을 담당하게 되었는바 높이 평가된다.

그러나 33인 중에는 후일 일부 변절자들도 생겼고, 이들은 친일행위를 하였다. 특히 독립선언서 초안을 쓴 최남선과 편집자 이광수는 3.1운동의 실패를 보면서 좌절하여 조선 독립의 희망을 버리고 친일반민족행위자가 되었다. 분노와 함께 서글픔을 느낀다.

1918년 말부터 독립운동의 3대 원칙인 대중화·일원화·비폭력 등을 주장해 온 손병희·권동진·오세창·최린 등의 천도교 측 중진들은 거족적인 운동으로 확대하기 위해 기독교·불교등 각 종교 단체 및 유림(儒林)을 망라하는 동시에 저명인사들을 민족 대표로 내세우기로 합의하였다. 그래서 1919년 2월 상순, 대한제국의 고관(高官)을 지낸 김윤식, 박영효 등에게 서명자가 되어 줄 것을 권유하였으나 거부당했다. 이 때문에 운동을 포기

할 위기에 처하기도 하였다. 그러나 고종이 승하하였다는 소식이 전해지자, 배일 감정이 절정에 다다르게 되면서 다시금 활기를 띠게 되었다. 이들은 다시 종교 단체와 교섭을 벌였는데, 먼저 기독교 측의 이승훈을 만나 천도교와 함께 독립운동에 합류할 것이라는 승낙을 얻어내는데 성공하였다. 한편, 불교 측과의 교섭은 최린이 담당하여 한용운에게 승낙을 얻어냄으로써 불교 측과의 제휴도 이루어졌다. 한용운은 또 유림측의 참가를 교섭했으나 실패하여 유림측의 합류는 이루어지지 않았다. 이때 독립운동의 실천 방법을 두고 논란이 일어났다고 한다. 천도교 측이 내세웠던 청원서와 선언서를 동시에 발표하자는 의견에 대해 일부에서는 청원서만을 내고 선언서는 발표하지 말자는 의견 대립이 발생한 것이다. 그러나 최린은 "청원서나 건의서를 내는 것은 일본 정부에게 독립을 시켜달라고 청원한다든지 건의해보는 것이므로 민족 자결의 의미가 없다. 그러므로 국내적으로 전 민족을 분기시키고, 국외적으로 전 세계에 향하여 독립해야 하는 이유와 독립을 위하여 싸우겠다는 결의를 표명하는 중대한 선언이 되어야 한다."고 강력히 주장하여 결국 독립선언서를 발표하기로 결정되었다. 독립선언서의 작성자로 최린은 최남선을 추천했다고 한다. 최남선은 독립운동가로서 전국에 이미 알려졌고, 서구적 교양과 재래의 학문을 모두 갖추고 있을 뿐만 아니라 문장력도 뛰어난 사람이므로, 최린은 "전민족의 의사를 표시할

독립선언서와 같은 중대한 글을 지을 사람은 그 밖에 없다"고 하였다. 또한 최남선 스스로 "일생을 학자로 마칠 생각이라 독립운동의 표면에 나서지는 못하지만, 선언서는 작성하겠다."고 함으로써 선언서의 작성 문제는 일단 그에게로 낙착되었다. 뒷날 한용운이 독립운동에 책임질 수 없는 사람이 선언서를 짓는 것은 옳지 않다고 주장하고 자신이 맡겠다고 나섰으나, 이미 선언서의 초고가 완성되어 손질이 끝난 뒤였다. 지금 전하는 독립선언서 끝에 있는 공약 3장(公約三章)은 후에 한용운이 추가한 것이라고 한다. 이렇게 하여 작성된 독립선언서는 천도교 측 15인, 기독교 측 16인, 불교 측 2인 등 33인이 민족 대표로 서명하였다. 큰일을 하는 경우, 대부분 순탄하게 이루어지지 않는다. 그러나 나라를 일본에게 빼앗긴 상태에서도 자기 목숨을 보전키 위해, 그리고 후환이 두려워 서명을 거부했던 김윤식·박영효 등과 같은 고관 출신 인간들(이런 인간들이 권력층에 있었으니 나라가 어찌 망하지 않겠는가)과 밥 그릇 싸움질이나 하는 당시의 지도급 인사나 지식인들에게 한심함·환멸과 함께 분노를 느낀다. 그러니 33인 중에 변절자가 나오는 것은 어찌 보면 당연했을지도 모른다. 필자가 독립선언서를 선언하기까지의 배경과 과정 등을 장황하게 언급한 것은, 현재도 벌어질 수 있는바, 독자들에게 경계와 교훈을 삼게 하려는 의도에서이다.

필자가 독자들에게 〈삼전도비문〉과 〈3.1 독립선언서〉를 소개한 것은 반성·각성과 함께 대한민국의 밝은 미래, 곧 정치·경제·군사·과학·문화 등의 강국이 되기를 바라는 소망 때문이다. 우리는 다시는 〈삼전도비문〉과 삼전도비를 작성·건립해야만 하는 치욕스러운 일을 당해서는 절대로 안 된다. 또한, 나라를 일본에 강제적으로 합병 당하는 국치(國恥), 그리고 그로 인해 〈3.1 독립선언서〉를 작성하는 일들이 없기를 진심으로 바란다. 그러기 위해서는 우리가 어떻게 해야 된다는 것을 잘 알 것이다. 이를 위해 우리 모두 실행에 옮기자.

※〈참고〉 *최남선(崔南善. 1890~1957) 본관은 동주(東州), 자는 공육(公六), 호는 육당(六堂)·한샘·남악주인(南嶽主人)·곡교인(曲橋人)·육당학인(六堂學人)·축한생(逐閑生)·대몽(大夢)·백운향도(白雲香徒). 아명은 창흥(昌興)이다. 「대한유학생회보」 편집인, 『청춘』 잡지 발행인, 조선사편수회 위원, 조선계회(朝鮮禊會) 고문, 조선임전보국단 발기인, 조선총독부 중추원 참의, 만주 건국대학 교수, 서울시사편찬위원회 고문 등을 지냈다. 문인, 언론인, 사학자로 이름을 날렸지만, 친일반민족행위자 이기도 하다. 저서로는 『백팔번뇌』, 『심춘순례』, 『백두산근참기』, 『금강예찬』, 『단군론』, 『조선역사』 등이 있다.

**손병희(孫秉熙. 1861~1922) 본관은 밀양(密陽), 호는 소소거사(笑笑居士), 의암(義菴). 청주시 청원 출신. 초명은 응구(應九), 그 뒤 규동(奎東)으로 고쳤으며, 일본 망명 때에는 이상헌(李祥憲)이라는 가명을 썼다. 동학농민항쟁에 참여(전봉준과 우금치 전투에 참여), 진보회(進步會) 조직, 동덕여자의숙·보성학원 인수·경영, 출판 주식회사 보문관(普文館) 설립, 일진회에 가담한 이용구 등 천도교인 62명을 출교 처분하였다. 천도교 교주, 독립운동가(3.1 운동 민족대표), 교육사업가였으며, 방정환은 사위이다. 1962년 건국훈장 대한민국장 추서. 저서로는 『수수명실록(授受明實錄)』·『도결(道訣)』·『명리전(明理傳)』·『천도태원설(天道太元說)』·『각세진경(覺世眞經)』·『대종정의설(大宗正義說)』·『교(敎)의 신인시대(神人時代)』·『무체법경(無體法經)』·『성심신삼단(性心身三端)』·『신통고(神通考)』·『견성해(見性解)·『삼성과(三性科)』·『삼심관(三心觀)』·『극락설(極樂說)』·『성범설(聖凡說)』·『진심불염(眞心不染)』·『후경(後經)』·『십삼관법(十三觀法)』·『몽중문답가(夢中問答歌)』·『무하사(無何辭)』·『권도문(勸道文)』·『삼전론』 등이 있다.

***한용운(韓龍雲. 1879~1944) 본관은 청주(淸州), 본명은 정옥(貞玉), 아명은 유천(裕天). 법명은 용운, 법호는 만해(萬海, 卍海). 홍성 출신. 『유심(惟心)』불교잡지 간행, 신간회(新幹會) 결성, 『불

교』잡지 인수·사장 등을 지냈다. 승려, 시인, 독립운동가(33인 중 1인)였으며, 친했던 벗으로는 이시영(李始榮)·김동삼(金東三)·신채호(申采浩)·정인보(鄭寅普)·홍명희(洪命憙) 등이 있었다. 비문은 신채호가 썼다. 1962년 대한민국장 추서. 저서로는 『조선불교유신론』·『님의 침묵』·『흑풍』·『후회』 등이 있다.

15. 〈유문절공부인송씨답문절공서
(柳文節公夫人宋氏答文節公書)〉(송덕봉)

삼가 엎드려 편지를 보니 갚기 어려운 은혜라고 스스로 자랑하셨는데 우러러 감사하기 그지없습니다. 다만 듣건대 군자가 행실을 닦고 마음을 다스리는 것은 본래 성현의 가르침을 따르기 위한 것이지 어찌 아녀자를 위해 힘쓰는 것이겠습니까? 마음이 안정되어 물욕에 유혹되지 않으면 자연 잡념이 없어지는 것이니 어찌 규중 아녀자의 보은을 바라겠습니까? 3~4개월 동안 홀로 지낸 것을 가지고 고결한 척하며 덕을 베푼 생색을 낸다면 반드시 담담하거나 무심한 사람은 아닐 것입니다. 마음이 편안하고 깨끗해서 밖으로 화려한 유혹을 끊어버리고 안으로 사념이 없다면 어찌 꼭 편지를 보내 공을 자랑해야만 알겠습니까? 곁에 자기를 알아주는 벗이 있고, 아래로는 권속과 노복들의 눈이 있으니 자연 공론이 퍼질 것이거늘 굳이 애써서 편지를 보낼 필요가 있습니까? 이렇게 볼 때 당신은 아마도 겉으로만 인의를 베푸는 척하는 폐단과 남이 알아주기를 서둘러 바라는 병폐가 있는 듯합니다. 제가 가만히 살펴보니 의심스러움이 한량이 없습니다. 저도 당신에게 잊을 수 없는 공이 있으니 소홀히 여기지 마십시오. 당신은 몇 달 동안 혼자 지낸 것을 가지고 매양 편지마다 구구절절 공을 자랑하지만, 60이 가까운 몸으로 그렇게 홀로 지내는 것은 당신의 건강을 유지하는데 크게 유리한 것이지 저에게 갚기 어려운 은혜를 베푼 것은 아닙니다. 비록 그렇기는 하나 당신이 도성 사람들이 모두 우러러보는 높은 관리로서 수개월 동안이라도 혼자 지내는 것 또한 보통 사람들이 어렵게 여기는 일이기는 합니다. 저는 옛날 시어머님의 상을 당했을 때 사방에 돌봐주는 사람 하나 없고, 당신은 만리 밖으로 귀양 가 있어 그저 하늘을 향해 울부짖으며 통곡만 할 뿐이었습니다. 그러나 저는 지극 정성으로 禮에 따라 장례를 치러 남들에게 부끄러울 것이 없었고, 곁에 있는 사람들이 '묘를 쓰고 제사를 지내는 것이 비록 친자식이라도 이보다 더 할 수는 없다.'고 하였습니다. 삼년상을 마치고 또 만 리 길을 나서 온갖 어려움을 무릅쓰고 찾아간 일을 누가 모르겠습니까? 제가 당신에게 이렇게 지성을 바쳤으니 이것이야말로 잊기 어려운 일일 것입니다. 당신이 몇 달 동안 홀로 지낸 일과 제가 한 몇 가지 일을 서로 비교한다면 어느 것이 가볍고 어느 것이 무겁겠습니까? 원컨대 당신은 영원히 잡념을 끊고 기운을 보전하여 수명을 늘리도록 하십시오. 이것이 제가 밤낮으로 바라는 바입니다. 그러므로 저의 뜻을 이해하고 살펴주시기를 엎드려 바랍니다. 송씨 아룀.

〈유문절공부인송씨답문절공서〉

1570년 6월 12일 남편 유희춘에게 보낸 편지이다. 한양에 올라와 벼슬살이하는 남편은 4개월가량 혼자 지내면서 여색(女色)

을 가까이 하지 않았으니, 갚기 어려운 은혜를 입은 줄 알라고 자랑하는 내용의 편지를 송덕봉에게 써서 보냈었다. 하기야 이 시절의 양반 남자들에게는 이것도 대단한 일이다. 그러나 편지를 받아본 송덕봉의 심정이 어떠하였는지는 그녀가 남편에게 보낸 편지에서 엿볼 수 있다. 송덕봉은 남편에게 예의를 지키면서 은근하게 책망을 하는 한편, 때론 준엄하게 조목조목 이유를 들어 조리 있게 반박하면서 충고와 조언을 하였다. 군자가 행실을 닦고 마음을 다스리는 것은 성현의 가르침을 따르기 위한 것이요, 마음이 안정되어 물욕에 유혹되지 않으면 잡념이 없어지는 것이니, 이는 아녀자를 위한 것이 아니라 사대부로서 마땅히 해야 할 심성수련과 인격수양을 위한 것이라고 하였다. 그런데도 진중하지 못하게 편지를 보내 자랑을 하는 것은 조금 지나치며, 더구나 독숙(獨宿)하고 있는 사실은 주변의 벗들, 그리고 권속과 노비들에 의해 자연스럽게 알려질 텐데 군이 편지까지 보낼 필요가 있냐고 물으면서, 남편이 겉으로만 인의를 베푸는 척하고 남이 알아주기를 서두르는 병폐가 있는 것 같아 의심스럽다고 하였다. 송덕봉의 질책이 만만하지 않다. 송덕봉의 이러한 나무람의 농도는 점점 짙어만 갔다. 마침내 송덕봉은 남편의 정곡을 찌른다. 남편이 몇 달 동안 혼자 지낸 것을 가지고 공을 자랑하지만, 나이 60세가 가까운 사람이 홀로 지내는 것은 건강을 유지하는데 크게 도움이 되는 것이지 아내에게 은혜를 베푼 것은 아니라고 하였다. 물론 높은 관리가 몇 달 동안 혼자 지낸 것은 보통 사람도 어렵게 여기는 일이다. 송덕봉은 남편의 독숙을 인정하지만, 이는 그녀가 옛날에 했던 몇 가지 일들과 견주어 보면 상대가 되지 않는다고 하였다. 남편이 귀양살이 할 때 시어머님을 극진하게 봉양했고, 게다가 시어머님 상을 달하여 지극 정성으로 예에 따라 장례를 치렀고, 삼년상을 마친 뒤에는 단신으로 남편의 유배지 종성으로 가서 남편을 수발했던 일들과 비교해보면 어느 것이 가볍고 무거운지 알 수 있을 것이라고 반문하였다. 그러면서 송덕봉은 남편에게 이처럼 당신에게 지극 정성을 다하고 있으니 부디 잡념을 끊고 건강을 보존하여 수명을 늘리도록 하라고 간곡히 당부한다. 이것이 그녀가 밤낮으로 오직 바라는 것이었다. 송덕봉의 부탁이 절절함을 알 수 있다. 이에 유희춘은 "부인의 말과 뜻이 다 좋아 탄복을 금할 수 없다"라고 하면서 자신의 잘못을 순순히 인정하였다. 두 사람의 금슬이 좋지 않다면 이렇게 할 수 없다. 이처럼 사랑하는 남편에게 보내는 충고와 조언의 메시지도 부부사랑 때문에 가능한 것이다. 이 편지에서 송덕봉의 논리 정연한 글 솜씨와 부도(婦道)를 지키는 가운데 당당하고자 했던 모습을 엿볼 수 있다.

누구나 혼인을 하여 부부가 되면, 금슬 좋은 부부로 행복하게 백년해로 하기를 원할 것이다. 그런데 부부로 살다보면 그렇게 되기가 싶지 않은 것 같다. 우리나라가 이혼율 상위국가로 된지 이미 오래이다. 예전에 이혼율이 세계에서 상위 몇 위라고 일부 언론에서 발표하자 맞다 틀리다 논란을 벌였던 기억이 난다. 어쩌다가 이 지경까지 이르렀는지. 참⋯⋯. 부부가 서로 존중해주면서 금슬 좋게 행복하게 살다가 같은 날 같은 시간에 죽으면 그 이상 더 바랄 것이 없을 것이다. 이런 경우는 극히 드물지만. 부부가 금슬이 좋으면 죽는 날짜도 같다고 한다.(필자의 부모님이 그렇다. 돌아가신 해는 달랐지만, 돌아가신 날짜는 같다. 그래서 제사를 돌아가신 날 한 번에 지낸다) 어쨌든 부부들이여! 서로 사랑하고 존중하면서 행복하게 즐겁게 살기 위해 노력하자.

※〈참고〉 송덕봉(宋德峯. 1524~1578) : 본관은 홍주(洪州), 휘(諱)는 종개(鍾介), 자는 성중(成仲), 호는 덕봉(德峯). 담양 출신. 선조 때 대표적 학자·문신·제일의 경연관이었던 미암(眉巖) 유희춘(柳希春)의 부인이다. 송덕봉은 학문과 문학(특히 시)에 뛰어났다. 저서로는『덕봉집(德峯集)』등이 있다.
*위의 제목 〈유문절공부인송씨답문절공서〉에서 '문절'은 송덕봉의 남편 유희춘에게 그의 사후에 내린 시호이다. 그런바 제목은 후손이나 후인이 추후에 붙인 것으로 보인다.

Ⅲ
———

한국 고전의 향기

1. 『대승기신론소(大乘起信論疏)』(원효)

『대승기신론소(大乘起信論疏)』는 대승불교의 대표적인 논서『대승기신론』에 대한 원효(元曉)의 주석서이다.『대승기신론』의 저자는 인도의 마명(馬鳴)이며, 진체(眞諦)의 한역본만이 전해지고 있는데, 이에 대해서는 여러 가지 의문이 제기되고 있다. 원효는 본문에 따라 일일이 해석을 붙였는데, 중국의 현학적인 주석에서 탈피하여 원문의 글 뜻에 매달리지 않고 원저자의 정신을 드러내려고 하였다.

한국적 불교사상 전개의 단초가 되는 이 책은 모든 인간의 내면에 불성이 내재해 있다는 여래장(如來藏) 사상의 기본정신을 잘 살리고 있으며, 불교 종파간의 갈등해소와 대중불교의 전개라는 이론적·사회적 과제를 해결하고자 한 원효의 정신을 생생하게 느낄 수 있다.

원효는『대승기신론』에 대하여 8종류나 저술을 하였다. 이처럼『대승기신론』에 대하여 많은 저술을 남긴 것은 그가 그만큼『대승기신론』을 중요하게 생각했기 때문이다.『대승기신론소』는 원효의『대승기신론』관련 저술 중 가장 나중 것으로서 그의 사상의 핵심을 알 수 있게 해주는 대표적인 저술이다. 그 구성은 크게 가르침의 근본인 종체(宗體)를 밝힌 부분, 제목에 대한 해설, 본문에 대한 해석으로 나눌 수 있다. 종체를 밝힌 부분에서는 『대승기신론』의 문장 하나하나가 어느 경전의 말씀을 의미하는가를 밝히려는데 목적을 두고 있다는 것과, 『대승기신론』이 말하고자 하는 근본 주장을 밝히고 그 논의가 불교 교리사에서 차지하는 위치를 드러내고 있다. 여기서 원효는 '열면 무량무변(無量無邊)의 뜻을 근본(宗)으로 하고 합치면 일심을 핵심(要)으로 한다'고 말해, 일심을 근본으로 무량무변의 뜻을 다 갖추고 있는 것으로 파악하고 있다. 일반적으로 원효 사상의 핵심으로 평가되는 일심(一心)과 화쟁(和諍 : 쟁론을 화해시킴)이 명백하게 드러나고 있다. 원효는 이 책에서 특히 일심의 중요성을 강조하고 있다. 원효의 철학에서 일심은 궁극적 목적지이며 만물의 근거로서 가장 중요하다고 볼 수 있는데, 그 일심의 기본이 되는 논리가 이 소에서 발견된다.

제목에 대한 해설에서는 '대승기신론'이라는 표제가 무엇을 의미하는 것인지를 자세히 풀이하고 있다. 대승의 '대'는 널리 모든 것을 포용한다는 뜻으로 진리를 두고 한 말이며, '승'은 싣고 나르는 것을 그 기능으로 삼기 때문에 비유로 수레라 한 것이라 하였다. '기신'은 이 론(論)에 의하여 믿음을 일으키게 하는 것이라는 말이며, 믿음이란 결정적으로 '그렇다'라고 말하는 것을 가리킨다고 하였다. 즉 이 론 가운데 참된 이치가 있어 닦으면 그렇게 되며, 닦아서 그렇게 되었을 때는 무궁무진한 소질이 모두 갖추어진다고 믿는 것을 '신'이라 한다고 하였다. 그리고 대승은 곧 진리로서 어떤 특수한 사람이나 일에만 해당되는 것이 아니라 모든 사람과 사물에도 해당된다고 보았다.

본문에 대한 해석은 크게 중생심(衆生心)의 유전(流轉)과 환멸(還滅)하는 가지가지 사항을 다른 부분, 혁명적인 실천 두 부분으로 나누어서 풀이하였다. 유전과 환멸에서는 전체 내용을 원효의 모든 사상의 근본이라 할 수 있는 일심이문(一心二門) 등 15가지 부분으로 나누어서 독창적인 해석을 가하고 있다. 이론과 수행 모두에 있어서 근본이 되는 사상이 이 책에 있다. 그러므로 『대승기신론소』는 원효의 가장 중요하면서도 대표적인 저술인 것이다.

결론적으로 『대승기신론소』는 원효의 모든 사상의 근본을 알게 해 주는 책으로, 종파적 입장에서 벗어난 '화쟁'이라는 관점에서 그의 모든 사상을 전개하고 있으며, 그것을 가장 잘 보여주고 있다. 우리는 이 책에서 원효 사상의 핵심이라 할 수 있는 일심과 화쟁, 그리고 실천을 중시하는 원효의 입장을 확인할 수 있다. 또한 이 책은 중국 및 우리나라의 『대승기신론』 연구자들에게 중요한 지침서가 되었고, 후대에 많은 영향을 끼쳤다.

불교에 관심이 있는 사람들과 불교를 연구하는 학자, 불교 신자 및 스님들에게 필독을 안 했으면 일독을 권한다. 원효의 '화쟁' 사상과 정신은 현재의 어지러운 세상에서 우리에게 울림을 준다고 하겠다. 특히 정치인들은 종교(자신이 믿는 종교도 포함)를 떠나 참고하기 바란다. 노·사간도 마찬가지이다.

※〈참고〉원효(元曉. 617~686) : 성은 설씨(薛氏), 원효는 법명(法名), 아명은 서당(誓幢) 또는 신당(新幢). 경상북도 압량(押梁) 출신. 신라의 고승. 설총의 아버지. 원효는 왕실과 귀족 등에게만 받아들여진 불교를 일반 백성들에게 전파하고자 노력했다. 신라에서는 높은 평가를 받지도 못했다. 그러나 중국에 널리 알려져 중국 화엄학이 성립되는 데에 선구적 역할을 했으며, 특히 고려 시대에 들어와 의천에 의해 화쟁(和諍) 국사로 추증되면서부터 재평가되기 시작했다. 불교 사상을 종합하고 실천하려고 노력한 정토교(淨土敎)의 선구자이자 으뜸가는 저술가다. 저서로는 『대승기신론소』·『대혜도경종요』·『금강반야경소』·『화엄경소』 등이 있다.

2. 『삼국사기(三國史記)』(김부식)

『삼국사기(三國史記)』는 김부식(金富軾)이 인종(仁宗)의 명을 받아 최산보(崔山甫) 등 10여명과 함께 삼국시대(신라·고구려·백제, 통일신라)의 사실(史實)을 엮은 역사책이다. 『삼국사기』편찬 시 김부식은 편찬 책임자로서 편집의 방침을 세우고, 초고를 검열하고, 사론(史論)을 써넣는 등의 일을 맡았던 것으로 보인다. 이 책을 편찬하게 된 것은 김부식이 올린 「진삼국사표(進三國史表)」에 잘 나타나 있다. 그것은 당시의 학자들이 중국의 학문과 역사는 잘 알면서도 우리나라 것에는 어두우므로 그 사실을 알아 옳고 그른 점을 깨닫게 하고 후세인들의 마음가짐과 몸가짐을 경계하기 위해서였다. 그리고 그 내용은 삼국이 나라를 세운 뒤로부터 후삼국을 통일할 때까지 약 1,000년 동안에 일어난 일 등을 기전체(紀傳體)로 기록하였다.

『삼국사기』는 김부식을 비롯한 편찬자들의 주관에 따라서 이루어진 책이라고 볼 수 있는데, 어떤 문헌을 참고 자료로 하였다는 사실이 기록에 없어 단정하기 어렵다. 추측컨대 『구삼국사(舊三國史)』를 기본 자료로 삼고, 당시 전해 오고 있던 『삼한고기(三韓古記)』·『해동고기(海東古記)』·『신라고기(新羅古記)』·김대문(金大問)의 『화랑세기(花郎世記)』·『고승전(高僧傳)』·『계림잡전(鷄林雜傳)』·『한산기(漢山記)』·『악본(樂本)』·최치원(崔致

遠)의 『제왕연대력(帝王年代歷)』과 문집 등 여러 문헌과, 중국의 『삼국지(三國志)』·『후한서(後漢書)』·『진서(晋書)』·『신라국기(新羅國記)』등 여러 문헌 등을 참고로 하여 엮은 것 같다.

『삼국사기』는 의종 때 간행한 것으로 보여 지나, 고려 본은 아직 발견되지 않았고, 조선 초에 간행된 경주판본도 볼 수 없다. 다만 중종 때(1512년) 경주에서 다시 간행한 것만이 현재까지 남아 있다. 『삼국사기』의 구성은 「신라 본기」 12권, 「고구려 본기」 10권, 「백제 본기」 6권, 연표 3권, 잡지 9권, 열전 10권 등 모두 50권이다. 「본기(本紀)」는 역대 왕들의 재위 기간 중에 일어났던 사실들을 연월일순으로 수록한 것으로, 그 비중이 절대적일 뿐만 아니라 수록 분량도 거의 대부분을 차지하고 있다. 그리고 「연표(年表)」는 삼국의 연대를 중국의 연대와 대조한 연대표이며, 「잡지(雜誌)」는 역대 제도의 연혁을 담은 일종의 제도사적 성격을 띤 것으로, 대부분 신라의 것을 소개하고 있다. 이 가운데 지리지와 직관(職官)은 비교적 풍부하게 실고 있으며, 각 고을 지명의 고증을 비교적 상세하게 실고 있어 군제(郡制)연구에 좋은 자료가 된다. 「열전(列傳)」은 특기할만한 인물들을 가려 그 전기를 써 놓은 것이다. 거기에 다루어진 내용을 보면, 현상(賢相)·명장(名將)·충신·학자·화랑·효자·열녀·고사(高士)·기예(技藝)·반역(反逆) 등에 관계된 인물들을 실고 있다.

『삼국사기』는 현전하는 사서(史書) 중 가장 오래되었으며, 정사(正史)로써 사료적 가치가 매우 높은 책이다. 또한 편제가 잘 짜여져 있으며, 문장이 유려(流麗)하고 짜임새 있게 엮어져 있을 뿐 아니라, 삼국 왕가의 계보를 「본기」로 밝힌 점 등에서 자주적인 일면을 엿볼 수 있다. 그런데 이 책에서 몇 가지 단점을 지적하지 않을 수 없다. 그것은 첫째, 우리나라 삼국의 성립이 고구려-백제-신라 순인데, 이를 신라・고구려・백제로 하여 신라가 가장 먼저 건국한 것으로 만들었다는 점. 둘째, 신라 중심의 역사 기술에 너무 치우쳤다는 점. 셋째, 유교사상에 입각하여 지배계급 중심의 역사를 만들어 우리 국민생활의 참된 모습과 우리의 고유한 문화적 정서가 깃든 전설이나 설화 등을 소홀히 다루었다는 점. 넷째, 김부식의 역사관이 중국 숭상의 모화사상(慕華思想)이라는 점이다. 예컨대『삼국사기』에 실려 있는 28가지 사론(史論)은 김부식의 주관적 논평으로서 그 가운데 여러 것이 중국을 높이고 우리를 낮추어 비평하였는바, 어떤 것은 눈살을 찌푸리며 읽는 부분도 있다.

그러나 이 같은 몇 가지의 흠에도 불구하고,『삼국사기』는 삼국시대의 기본 사료로서 그 가치를 인정해야 할 것이다. 아울러 그 사실을 통하여 우리 만족사회의 유구한 역사적 발전상을 연구할 수가 있고, 여기서 옳고 그름을 알아 이를 거울삼아 새 역사를 창조하는 힘을 기른다는데 큰 의의가 있는 것이다.

우리는 『삼국사기』를 통해 올바른 역사인식을 가다듬을 필요가 있다. 특히 아직도 식민주의 사관에 경도되어 있는 사람들이 있다면 성찰하기 바란다. 그렇다고 국수주의에 빠져서도 안된다. 역사는 진실 규명이다.

※ 〈참고〉 김부식(金富軾. 1075~1151) : 본관은 경주(慶州), 자는 입지(立之), 호는 뇌천(雷川). 직한림, 추밀원부사, 중서시랑평장사 등을 지냈으며, 시호는 문열(文烈)이다. 신라 무열왕(武烈王)의 후손으로, 4형제 모두 과거에 합격해 중앙관료로 진출하였는데, 4형제의 이름은 송나라 문호인 소식(蘇軾) 형제의 이름을 따서 지었다고 한다. 『삼국사기』·『예종실록』·『인종실록』등을 편찬하였으며, 문집은 20여 권이 되었으나 현전하지 않는다.

3. 『삼국유사(三國遺事)』(일연)

　『삼국유사(三國遺事)』는 일연(一然)이 엮은 역사책이다. 일연이 이 책의 저술을 위해 사료를 수집한 것은 청년시절부터였다고 한다. 그러나 본격적으로 편찬한 것은 1278년 이후 70대로 추정된다. 일연은 그의 문도들 다수를 참여시켰는데, 민간에 전해지는 『고기(古記)』를 비롯해 사지(寺誌)·금석문·고문서·문집과 승전(僧傳)류의 책 등 자료를 광범위하게 수집하고 직접 답사하여 보고 들은 전승이나 설화들도 채록하였다.

　저술 동기는 '유사'란 이름에서 엿볼 수 있다. 유사란 이전의 역사서와 기록에 빠졌거나 자세히 드러나지 않은 사실을 말하는 것이다. 그러므로 『삼국유사』는 『삼국사기』나 『해동고승전』 등 기존 사서의 기록을 보완하기 위한 것이다. 그러므로 『삼국유사』는 이러한 사서들에 빠져있는 부분의 사료를 다방면에 걸쳐 수집하여 일연이 자신의 의도에 따라 새롭게 구성한 것이다.

　간행연대는 확실히 알 수 없으나 대체로 충렬왕(忠烈王) 8년 전후로 보고 있다. 『삼국유사』의 고판본은 중종(中宗) 때 간행된 정덕본(正德本)과 그 이전에 된 듯 한 판각의 영본(零本)이 있고, 신간본으로는 동경대학원본, 조선사학회본, 계명구락부에서 간행된 최남선의 교감본과 증보본이 있으며, 정덕본을 영인한 동경대학본과 고전간행회본 등이 있다.

『삼국유사』는 5권 9편으로 되어 있다. 제 1권은 「왕력(王曆)」과 「기이(紀異)」이고, 제 2권은 「기이」의 계속이다. 제 3권은 「흥법(興法)」과 「탑상(塔像)」이며, 제 4권은 「의해(義解)」, 제 5권은 「신주(神呪)」・「감통(感通)」・「피은(避隱)」・「효선(孝善)」으로 되어 있다. 「왕력편」은 신라 시조 혁거세로부터 고려 태조의 통일에 이르기까지 신라・고구려・백제의 삼국과 가락, 그리고 후삼국의 왕력을 중국과 함께 도표로 나타낸 연표이다. 「왕력편」은 가락국을 포함하고 있을 뿐 아니라 각 왕의 세계(世系), 기년(紀年) 및 치적이나 중요한 역사적 사실들을 간략하게 기록하고 있다. 그런데 그 기사에는 『삼국사기』와 다른 사료도 많은바 고대사 연구에 중요한 자료가 되고 있다.

「기이편」은 고조선으로부터 후백제에 이르는 역사를 신이한 사실들을 바탕으로 기록하였다. 「기이편」에서 일연은 고조선, 곧 단군조선은 천신의 자손인 단군이 세운 우리 나라 최초의 국가이며, 위만조선과 마한이 나란히 고조선을 계승한 것으로 보고 있다. 그리고 삼국의 건국은 고구려−백제−신라 순으로 되어 있다. 뿐만 아니라 신라에 이어 남부여 항목에 백제 건국설화 등 백제 기사를 싣고 있으며, 무왕과 후백제 견훤 항목도 있다. 마지막에는 「가락국기」가 실려 있다.

「흥법편」 이하 7편은 모두 불교에 관한 기사이다. 「흥법편」은 7개 항목으로 삼국에 불교가 전래된 사적, 신라 법흥왕과 이차돈의 불교 수용, 백제 법왕의 살생 금지, 고구려 승려 보덕의 망명, 흥륜사의 십성(十聖) 기사를 수록하였다. 불교의 전래 순서 역시 고구려-백제-신라 순으로 서술하고 있다. 그리고 「탑상편」은 30개 항목으로 그 내용은 불상, 불탑과 불전(佛殿), 불경, 범종과 사리 등에 대하여 그 조성 연기(緣起)를 중심으로 서술하였으며, 「의해편」 14개 항목은 고승들의 전기이다. 혜공·자장·원효·의상·진표 등 당대 고승들의 행적과 활동을 기록하고 있어 불교 사상사 연구에 기본 자료가 된다.

「신주편」은 3개 항목으로 밀본·혜통·명랑 등 밀교 승려들의 영험한 이적을 서술하였으며, 「감통편」 10개 항목은 선도 성모의 불사 후원 사실로부터 노비인 욱면의 극락왕생, 월명사의 도솔가, 호랑이를 감동시킨 김현 등 다양한 계층의 신앙 영험을 수록하였다.

「피은편」 10개 항목은 자신을 세상에 드러내지 않고 숨어서 이적을 보였던 승려와 고사(高士)들의 일화를 모은 것이며, 「효선편」 5개 항목은 부모에 대한 효와 불교적 선을 동시에 이루는 것이 참된 효라고 하는 입장에서 효와 관련된 신앙 사례를 서술하였다.

『삼국유사』에 실려 있는 향가 14수는 이두와 고대시가 연구에 중요한 자료일 뿐만 아니라, 139편의 설화까지 수록하고 있어 설화문학의 보고라 할 만하다. 또 7언 4구로 된 47수의 찬(讚)이

기사 말미에 실려 있는데, 이 찬시들은 일연의 인식을 직접 드러내 줄 뿐만 아니라 뛰어난 시인으로서의 면모도 느끼게 한다.

내용은 불교 관계 기록이 대부분이며, 영남지방 사적을 중심으로 다룬 것은 일연이 승려이고, 또한 그의 생활이 주로 영남지방이므로 그에게 주어진 조건을 감안할 필요가 있다. 그럼에도 불구하고 『삼국유사』는 『삼국사기』에 나타나지 않는 고유한 자료들이 많이 채록되어 있어 고대사와 문화 연구에 귀중한 자료가 된다.

일연은 많은 자료를 모아 수록하고 인용된 사료와 자신의 견해를 구분하여 서술하면서 역사적 사실을 객관적으로 밝히려고 하였다. 그리고 『삼국유사』를 통해 불교뿐만 아니라 유학과 역사, 시에도 해박한 지식을 가지고 있었음을 엿볼 수 있다.

원나라의 간섭을 받고 있던 현실에서 민족적 자주성과 문화에 대한 자긍심을 역사 서술로 나타낸 책이 『삼국유사』이다. 그러므로 일연은 단군신화를 역사상 최초의 국가인 고조선의 건국신화로 높이 평가하였고, 고조선에서 삼한과 삼국의 기원을 찾음으로써, 단군신화는 한민족의 역사적 기원으로 정착하게 되었다. 그리하여 오늘날 우리들로 하여금 반만년의 유구한 역사를 자랑할 수 있고, 단군을 국조로 받드는 배달민족의 긍지를 갖게 해주었다.

그럼에도 불구하고 『삼국유사』가 백성의 이야기나 노래와 같은 '허탄한 것'을 거두어서 기록하였다고 하여 의붓자식처럼 푸대접 받아온 긴 과거를 지니고 있다. 그러나 이것이 '사실' 이 상으로 '진실'을 전해주는 기록이라는 깨달음이 뒤늦게나마 일어나 다행이라 하겠다.

신화와 원형적 설화의 모습, 그리고 향가는 『삼국유사』를 떠나서는 볼 수 없다. 뿐만 아니라 만일 이 책이 없었다면, 우리는 삼국 이전의 역사를 중국의 사료인 진수(陳壽)의 『삼국지(三國志)』「동이전(東夷傳)」에 겨우 의존해야 하는 초라함을 면할 수 없을 것이다.

『삼국유사』는 우리 민족사의 시초를 확립하고 고대사를 자주적으로 이해하는 체계를 마련하였을 뿐만 아니라 불교사·민속사·문학사적으로도 그 가치가 높이 평가된다.

우리는 과거의 역사를 제대로 파악·이해하기 위해서는 정사와 야사, 개인 문집 등을 종합적으로 참고할 필요가 있다. 어느 한 쪽에 치우치다 보면 잘못 파악할 수 있기 때문이다. 과거의 역사를 살펴보면, 그러한 사례들을 종종 접할 수 있다. 조선시대의 실록의 경우, 사관이 기록을 했고, 연산군을 제외하고는 왕들도 못 보았다고 하지만, 예컨대 가장 불비(不備)한 실록의 하나로 평가 받고 있는 『선조수정실록』 같은 경우는 인조반정 후 서인 집권세력에 의해 다시 편찬되어 문제되는 부분들이 있는 것으로 안다. 이처럼 정사는 지배층과 승자(집권세력)의 입장에서 기술되는 경우도 있는바 맹종하면 안 된다. 독자들은 이 점을 유의할 필요가 있다.

※〈참고〉 일연(1206~1289) : 경주(慶州) 김씨. 첫 법명은 견명(見明), 자는 회연(晦然)·일연(一然), 호는 목암(睦庵), 법명은 일연(一然). 경상북도 경산 출신. 대선사, 국존(國尊)으로 책봉되어 원경충조(圓經冲照)라는 호를 받았으며, 시호는 보각(普覺)이다. 고려 충렬왕 때『삼국유사』를 찬술하였다. 지눌의 법맥을 계승했다. 신앙이나 종파에 얽매이지 않고 다양한 불교신앙을 표방하는 저술을 찬술했으며, 선과 교를 막론하고 많은 불교 서적을 편수했다. 저서로는『화록(話錄)』·『게송잡저(偈頌雜著)』·『중편조동오위』·『조파도(祖派圖)』·『대장수지록(大藏須知錄)』·『제승법수(諸乘法數)』·『조정사원(祖庭事苑)』·『선문염송사원(禪門拈頌事苑)』등이 있다.

4. 『경국대전(經國大典)』(최항, 서거정, 강희맹 외)

『경국대전(經國大典)』은 조선왕조 통치의 기본 방침을 밝힌 법전으로 세조(世祖)의 명에 의해 최항(崔恒)·강희맹(姜希孟)·서거정(徐居正) 등 당대의 대표적인 학자들이『경제육전(經濟六典)』·『속전(續典)』·『등록(謄錄)』등을 수정 보완하여 새롭게 육전체제에 맞추어 편찬하였다.

『경국대전』은 오랫동안 중국 법에만 의존해 왔던 종래의 입장에서 벗어나 육조 행정관청의 행정에 바탕을 둔 치국의 지침과 백성들의 일상 가정 및 사회생활의 권리·의무의 규범을 조선 현실에 맞게 제정한 조선왕조의 대표적인 법전이다. 그러므로 이 책은 조선왕조 통치이념을 밝힌 제반 입법의 모법(母法)이 되었다.『경국대전』은 나라를 다스림에 있어 기강을 바로 세우고 백성들이 이를 지켜 민심에 합치될 수 있도록 하는데 입법 목적이 있음을 최항(崔恒) 등 편찬에 참여한 여러 신하들이 왕에게 올린 글에서 밝히고 있다. 입법정신은 왕권 존엄성의 바탕 위에 관료제의 확립을 통한 행정의 능률화를 꾀하고 신분사회의 질서 확립을 통하여 기존의 사회질서를 유지해 나가려는데 있다.『경국대전』은 6개의 법전으로 나누어 편찬하였는데, 그 기본 골격이 되는 중요 입법정신이 담긴 입법내용의 핵심을 요약 소개하면 다음과 같다.

(1)관료제 확립과 행정의 능률화 : 『경국대전』이전(吏典)을 보면, 관직은 경관직(京官職)과 외관직(外官職)으로 가름하고, 중앙에 6조(曹)의 행정부서를 두어 다스리게 하였으며, 6조와 그 밖의 행정기관의 관장업무를 밝혀 행정 책임의 한계를 명백히 하였을 뿐만 아니라, 관리의 직급을 정1품부터 종9품까지 18단계로 나누었다. 그리고 상피조(相避條)를 두어 관리 가운데 종형제(從兄弟)·종자매(從姊妹) 이상의 가까운 친족끼리는 동일 관청에서 함께 복무하는 것을 금지케 함으로써 행정의 편엽적인 색채를 미연에 방지하여 행정의 공정을 기하도록 하였다. 한편, 신분 사회였던 조선왕조에서는 서얼출신들에게 관리의 등용 기회뿐만 아니라 승진에 제한을 두었다. 예컨대 문무관 2품 이상 관리의 양첩(良妾) 소생의 아들은 정3품까지, 천첩(賤妾) 소생은 정5품까지로 국한하였다. 이처럼 서얼출신은 관에서도 차별대우를 받았다. 이밖에 관리된 자는 고신(告身)이라 하여 사령장을 받고 부임하였으며, 모든 관청에 근무하는 관리의 하루 일과는 고과(考課 : 관리의 출퇴근 시간)에 맞추어 출퇴근 하도록 하였다.

(2)국방시책의 입법화 : 병전(兵典)에서 각 도(各 道) 각 진(各 鎭) 및 국경수비대의 책임자의 직급과 정수를 입법으로 규정하여 국방과 국내치안에 만전을 꾀하고자 하였다. 그리고 성곽 및 봉화대 규정을 두어 유사시에 대비하였다. 특히 국경이나 해안과 인접한 수령은 해당 도의 관찰사 뿐 아니라 병조와도 항시

긴밀한 유대 속에 불의의 사태를 예방할 수 있도록 하였다.

(3)국가재정 지침의 명문화 : 국가의 세입 세출에 대한 기본 방침을 밝혀 합리적인 국가재정의 운영을 꾀하고자 명문으로 규정하였다. 호조에서는 매년 각 도 각 고을의 인구 및 농산물 소출량과 공물 등 제반사항을 근거로 국가 재정의 세출 예정표를 작성하였으며, 이렇게 함으로써 국가재정에 차질이 없게 하고자 하였다.

(4)납세제도의 확립 : 조정에서 국고의 충당과 국사의 운영을 위하여 백성들에게 납세의 의무를 부과하였다. 한편, 1년에 2번 부역을 부과할 경우에는 반드시 왕의 재가를 얻도록 하여 지방관들의 횡포를 미연에 방지하고자 하였다. 또 3년마다 호적을 고쳐 만들어 각 고을에 비치하도록 하였으며, 20년마다 측량을 실시하여 지적부(地籍簿)를 작성하여 호조와 각 고을에 비치하도록 하여 백성들의 과세와 부역에 차질이 없도록 하였다.

(5)남형(濫刑)의 규제 : 관리가 죄 없는 무고한 백성에게 함부로 형을 행하는 것을 금하도록 규정하였다. 만약 남형으로 죽은 경우에는 해당 관리는 관직에서 파면되고 다시는 임용하지 못하도록 하였다. 이는 백성의 인권을 보호하자는데 있었다.

(6)신분사회의 질서 확립 : 조선왕조는 엄격한 신분사회로서 사대부 계층, 평민계층, 천민계층 등으로 나눌 수 있는데, 천민계층은 속량이 어려웠다. 이처럼 신분계급을 엄격하게 한 것은

신분상의 위계질서를 유지 확립하자는데 그 목적이 있었다.

(7)사유재산권의 인정 : 백성들의 사유재산권을 인정하여 토지 · 가옥 · 전답 등 부동산과 노비의 소유권을 입법으로 인정하였다. 개국 초에는 토지의 개인소유권을 제한하여 토지매매를 제한하였으나, 『경국대전』에서는 토지사유권의 인정과 함께 토지 매매도 법제화하여 인정케 하였다. 그리고 토지대장을 호조와 각 고을에 비치하였으며, 노비적(奴婢籍)은 3년마다 속안(續案)을 작성하고, 20년 마다 정안(正案)을 작성토록 규정하였다. 이처럼 토지와 노비 소유를 입법화함으로써 그 소유권자를 보호하였다.

(8)혼인과 부부생활의 보호 : 예전(禮典) 혼가조(婚嫁條)를 보면, 남자는 15세, 여자는 14세가 되어야 혼인할 수 있다. 그리고 남자가 40세가 되도록 무자(無子)일 경우에만 다시 혼인할 수 있도록 하였는데, 혼인과 원만한 부부생활을 보호하려는 취지를 엿볼 수 있다.

『경국대전』은 우리나라 최초의 육전체제를 갖춘 법전으로서 조선왕조 입법의 새로운 장을 열었으며, 제반 법전의 입법정신에 영향을 끼쳤다.

요즈음 대통령 임기에 대해 개헌을 하니 마니 논란이 있고, 또 국회에서는 모든 국민들이 납득하기 어려운 법들을 입법화 하려고 여·야가 싸움질이다. 국민의 심부름꾼이라는 국회의원이라는 자들이 제멋대로 행동하고 있다. 법은 만인 앞에서 평등한 것인데, 누구를 위한 것인지……. 참으로 한심스럽다. 법치(法治)는 법을 근간으로 하는 것으로 순자의 성악설에서 비롯된 것이고, 인치(人治)는 사람의 덕성에 의한 정치로 맹자의 성선설을 바탕으로 한 것이다. 김영삼 문민정부 시절 잘 나가던 유명한 정치인이 인치와 법치를 제대로 이해하지 못하고 헛소리하는 것을 언론을 통해 알고는 경악을 한 적이 있었다. 그 사람은 소위 명문대 출신이었다. 학벌이 중요한 것은 아니지만, 세상 사람들과 정치판에서는 괜찮은 평을 듣고 있던 중견 정치인이었는데 참!

아무튼 인치·법치 논쟁은 중국의 경우, 북송 때까지 계속되었고, 주자(朱子)에 의해 정리되었다. 조선시대는 인치가 중심이었다. 그런데도 지금과 별 차이가 없는 것 같다. 헌데 기업체나 국가 등을 경영하다 보면 잘한 사람은 상주고, 잘못한 사람은 벌을 주는 법치가 필요한바 이를 염두에 둘 필요가 있다. 위정자들이 법을 제대로 알고 올바르게 적용시켰으면 하는 바람이다.

※〈참고〉 *세조(世祖. 1417~1468. 조선 제7대 왕〈재위기간 1455~1468년)) : 세종의 둘째 아들로 출생하였으며, 어머니는 소헌왕후(昭憲王后) 심씨(沈氏)이다. 휘(諱)는 유(瑈), 자는 수지(粹之), 시호는 혜장(惠莊)이다. 진평대군(晉平大君)·함평대군(咸平大君)·진양대군(晉陽

大君)이라 칭하다가 세종이 수양대군(首陽大君)으로 바꾸었다. 계유
정난(癸酉靖難)을 일으켜 정권을 잡았다. 단종을 선위(禪位)시키고 왕
위에 올랐다. 의정부의 정책 결정권을 폐지하고 6조의 직계제를 부활
시키는 등 왕권을 강화했고, 호적과 호패 제도를 강화하고 진관 체제
등을 실시하여 국방력을 신장시켰다. 그러나 세조에 대한 역사적 평가
는 엇갈리고 있다.

**최항(崔恒. 1409~1474) : 본관은 삭녕(朔寧). 자는 정보(貞父), 호
는 태허정(太虛亭)·동량(幢梁). 집현전 교리·응교, 부제학, 도승
지, 대사헌, 이조판서, 영의정 등을 지냈다. 시호는 문정(文靖)이다.
훈민정음 창제와 『용비어천가』·『동국정운』·『세종실록』·『경
국대전』편찬에 참여하였다. 『성종실록』졸기에 보면, 가정문제에
서도 부인의 성품이 사나워서 집안 일은 부인의 주장대로 행해져
자유가 없었다고 하고, 혼사에 있어서도 인품으로 보지 않고 재산
만을 보고 사위와 며느리를 얻었다고 혹평하고 있다. 최충(崔忠)
의 증손이며, 서거정(徐居正)의 자부(姉夫)이다. 저서로는 『태허
정집』·『관음현상기(觀音現相記)』등이 있다.

***서거정(徐居正. 1420~1488) : 본관은 대구(大丘), 자는 강중(剛
中)·자원(子元), 호는 사가정(四佳亭) 혹은 정정정(亭亭亭). 집
현전 박사, 예조참판, 대제학, 한성부판윤, 이조·병조판서, 좌찬

성 등을 지냈으며, 시호는 문충(文忠)이다. 조선 세종 때 신흥왕조의 기틀을 잡고 문풍을 일으키는 데 크게 기여하였으며, 조선 전기의 대표적인 지식인 가운데 한 사람이다. 김시습과도 미묘한 친분관계를 맺었으며, 문장과 글씨에 능해 수많은 편찬사업에 참여했다. 어머니는 권근(權近)의 딸이며, 자형(姉兄)이 최항(崔恒)이다. 저술로는 공동 찬집으로 『동국통감(東國通鑑)』·『동국여지승람(東國輿地勝覽)』·『동문선(東文選)』·『경국대전(經國大典)』·『연주시격언해(聯珠詩格言解)』가 있고, 개인 저서로는 시문집으로 『사가집(四佳集)』·『역대연표(歷代年表)』·『동인시화(東人詩話)』·『태평한화골계전(太平閑話滑稽傳)』·『필원잡기(筆苑雜記)』·『동인시문(東人詩文)』 등이 있다.

****강희맹(姜希孟. 1424~1483) : 본관은 진주(晉州), 자는 경순(景醇), 호는 사숙재(私淑齋)·국오(菊塢)·운송거사(雲松居士)·만송강(萬松岡). 예조정랑, 병조·예조·이조판서, 좌찬성 등을 지냈으며, 시호는 문량(文良)이다. 경사(經史)와 전고(典故)에 통달했던 당대의 뛰어난 문장가였으며, 서화에도 뛰어났다. 부지런하고 치밀한 성격으로 공정한 정치를 했고 박학다식하다는 말을 들었다. 소나무 및 대나무 그림과 산수화를 잘 그렸다고 알려져 있는데, 현재 일본의 오쿠라 문화재단에 〈독조도〉가 남아 있다. 『세조실록』·『예종실록』, 『경국대전』편찬에 참여했다. 저서로는 『사숙재집(私淑齋集)』·『금양잡록(衿陽雜錄)』·『촌담해이(村談解頤)』 등이 있다.

5. 『미암일기(眉巖日記)』(유희춘)

　『미암일기(眉巖日記)』는 유희춘(柳希春)이 1567년 10월 1일부터 1577년 5월 13일까지 쓴 일기이다. 1567년 이전의 일기도 있었던 것으로 보이나 현재 전해지지 않고 있다. 보물 제 260호인 친필본『미암일기』(11책)는 정치·사회·경제·행정·사상·예속·민속·한의학·복식·천문기상·식생활사적으로도 그 자료적 가치가 높이 평가된다. 그리고 임진왜란 때 사초(史草)가 소실됨에 따라『미암일기』는 국사(國事)를 사실적으로 세밀히 기록한 점이 인정되어『선조실록』을 편찬하는데 중요한 역할을 하였다.

　유희춘은 유배지나 관직생활, 특히 중앙 정계의 핵심 직책을 맡아 다망(多忙)했음에도 불구하고, 하루도 빠짐없이 별세하기 이틀 전까지 일기를 썼다. 영욕이 중첩된 굴곡 많은 파란만장한 삶 속에서도 개인의 일상사뿐만 아니라, 왕조 사회의 상층부에서 국사를 논의한 사실까지 사실적으로 진솔하게 기록하였는바 주목할 필요가 있다. 그 일례로 유희춘이 자신을 얼마나 진솔하게 고백하고 있는지 확인 할 수 있다. 임질 걸린 사실과 이를 부인에게 알린 사실, 옷에다 설사하거나 왕이나 동료들에게 실수한 사실, 뇌물성 선물을 받은 사실 등 부끄럽고 창피한 일을 포함한 온갖 사실들을 한 점의 거짓도 없이 진솔하게 자신을 고백하고 있는 기사에서 유희춘의 인간미를 엿볼 수 있다. 그는 체면이나 격식을 따지는 당시의 사대부들과는 차원이 달랐다. 현전하는 일기 중『미암일기』처럼 진솔하게 자기 자신을 노출한 일기는 찾아보기 힘들다. 유희춘은 작품의 진실성과 술이부작(述而不作)의 작가정신 등에서 당시의 사림파 문인이나 관각 문인들과는 차이를 보이고 있다. 그는『미암일기』를 통하여 조(朝)와 야(野)에 걸친 폭넓은 관심과 통찰을 표출하고 있다. 뿐만 아니라 문인의 자세와 사명감이 무엇인가를 보여주었다.

『미암일기』는 문학사적으로 주목되는 일기이다. 특히 일기문학 측면에서 매우 높이 평가 된다『미암일기』는 진솔한 자기고백·간결한 문체·간명한 표현과 심경묘사·진실구명·남다른 역사인식과 기록정신·권선징악에로의 지향·유형적 제반 속성 내포 등 일기문학으로서의 특성과 시조(3수)·한시(70여 수)·문학론과 시·문 평·고전소설 유통과정·민속·연극·일화와 야담 등 다양한 내용을 담고 있다. 그러므로『미암일기』는 임진왜란 이전의 16세기 일기들과 그 문학성이나 내용 등에서 차이를 보이고 있다.

『미암일기』는 당시의 한 지식인이 겪었던 관인(官人)·학자(學者)·문인(文人)으로서의 삶의 모습을 사실적으로 그리고 있어 문학적 감동을 주고 있다. 특히 개인의 일상생활사 뿐만 아니라, 왕조 사회의 상층부에서 국사를 논의한 사실들을 여실히 보여주고 있어 주목된다. 이처럼『미암일기』는 당시의 모든 면을 총체하고 있다. 진정한 의미에서의 일기요, 일기다운 일기이다. 『미암일기』는 16세기의 대표적 일기일 뿐만 아니라, 조선시대 개인일기로도 질량 면에서 높이 평가된다. 『미암일기』는 우리나라 일기의 대작(大作)이요 백미(白眉)라 하겠다.

우리도 자기성찰의 의미로, 그리고 60세 이상 나이 먹은 사람들은 치매방지도 겸해서 매일 아니면 1주일에 2~3회, 또는 매주 1회 일기를 써 보는 것은 어떨지? 필자도 2022년 2월에 대학 교수직에서 정년퇴임 하면 가난한 선비로서 안빈낙도(安貧樂道)·안분지족(安分知足)의 삶을 살아야 한다. 그런바 매주 한 번씩 치매방지와 자성의 의미로 일기를 쓸 계획이다. 자신의 삶을 정리하면서 노년을 사는 사람들에게는 자기성찰이 필요하다. 예전에 어른들이 하신 말씀에 "늙으면 쉽게 노여워하고, 말이 많아지고, 어린애처럼 된다."고 하셨는데, 자성하는 측면에서도 일기 쓰기를 권한다. 노인뿐만 아니라 젊은이들도 마찬가지이다.

※〈참고〉 유희춘(柳希春1513~1577) : 본관은 선산(善山), 자는 인중(仁仲), 호는 미암(眉巖). 해남 출신이다. 홍문관교리, 사헌부장령, 대사성, 부제학, 대사간, 대사헌, 전라감사, 이조참판 등을 지냈으며, 시호는 문절(文節)이다. 양재역 벽서사건으로 21년간 유배생활을 하였다. 박람강기(博覽强記) 하였고, 당대 제일의 경연관

이었다. 저서로는 『미암집(眉巖集)』·『미암일기(眉巖日記)』·『미암시고(眉巖詩稿)』(일본 천리대 소장) 등이 있다. 『미암일기(眉巖日記)』는 『선조실록』 편찬 시 원년~10년의 가장 핵심 사초로 쓰였다.

6. 『징비록(懲毖錄)』(유성룡)

　『징비록(懲毖錄)』은 유성룡(柳成龍)이 임진왜란의 쓰라린
경험을 거울삼아 다시는 이러한 참화를 겪지 않도록 후세 사람들
을 일깨우게 하기 위하여 말년에 지은 전란(戰亂)에 대한 자성록
이다. 그가 오죽했으면 서명까지도 시경(詩經) 「소비편(小毖篇)」
의 "미리 징계해서 후환을 경계 한다"라는 구절에서 따와 『징비
록』이라고 했을까? 여기서 유성룡이 『징비록』을 저술하게 된 동
기와 원인을 분명히 알 수 있다.

　『징비록』은 유성룡이 임진왜란 중 국가의 중책을 맡아 직접
견문한 것과 자기가 다룬 공문서를 정리하는 등 풍부한 사료와
지식으로 서술하였기 때문에 임진왜란에 관한 일종의 종합보고
서라고도 할 수 있다. 유성룡은 당파에 있어서는 동인이요, 남인
에 속해 있었지만, 이 책을 저술함에 있어서는 일체의 당색(黨
色)을 떠나 가능한 한 객관적인 입장에서 어떤 사건이나 인물,
사실들을 서술했다. 심지어는 자신에게 과오가 있었던 것도 숨
기지 않고 담담한 심정으로 썼는바, 높이 평가된다.

　『징비록』은 『초본 징비록』(친필본)·『16권본』·『2권본』 세
종류가 있다. 여기서는 간행본 『16권본』에 대하여 간략히 언급
하겠다. 권 1~2는 전쟁이 일어난 원인과 전황을 소개하고 있고,
권 3~5는 근폭집(芹曝集)과 계사(啓辭), 권 6~14는 진사록(辰巳

錄)으로서 임진·계사 두 해 동안의 전쟁 중의 군국정무(軍國政務)에 관하여 건의·헌책(獻策)한 것을 담고 있으며, 권 15~16은 군문등록(軍門謄錄)·난후잡록(亂後雜錄) 등으로서 각 도의 관찰사·순찰사·병사들에게 통첩한 글을 엮어 실었다. 여기서 당시의 군국정무의 실태와 전황을 상세히 엿볼 수 있다.

『징비록』은 임진왜란에 관한 저술임으로 주로 전투 경위가 많은 부분을 차지하고 있으나, 실은 정치·경제 등을 포함한 종합적인 저술이라고 표현해도 틀리지는 않을 것이다. 특히 전란 중의 군량과 백성들의 식량 문제는 가장 심각한 것이었으며, 이의 해결을 위한 노력과 명군과의 정치적 교섭 등을 상세하게 서술하고 있다. 이처럼 전란 중의 정치나 민정 등을 직접 체험하고 시찰한 것이기 때문에 생생한 기록서라고 할 수 있다.

그러나 이 책은 임진왜란에 관한 기록에 그치는 것이 아니라, 서문에서도 밝힌 바와 같이, 비참했던 전쟁을 올바르게 보고 반성함으로써 다시는 그러한 비극이 일어나지 않도록 하여야 된다는 유성룡의 역사 철학이 근본을 이루고 있다는 것도 깊이 깨달아야 할 것이다.

『징비록』은 우리에게 세 가지를 강조하고 있다. 첫째, 나라에 기강이 문란하고 경계심과 하고자 하는 의지가 없으면 국난을 막아내기 힘들다는 것을 가르치고 있다는 점. 둘째, 정부나 백성이 국난 전후에 일치단결해야 국난을 막을 수도 극복할 수도 있다는 것을 강조한 점. 셋째, 외교와 국방의 중요성을 강조한 점 등이 그것이다.

『징비록』은 1695년 일본에서 중간된 적이 있을 정도로 유명하다. 그래서 조정에서는 1712년 『징비록』의 일본 수출을 엄금할 것을 명령한 일도 있다. 『징비록』은 임진왜란뿐만 아니라 당시 사회에 대한 기본 사료로도 가치가 높다. 특히 임진왜란과 관련된 국내외 자료 중 가장 신빙성 있는 자료로 『징비록』을 꼽는다. 『징비록』은 현재 국보 제132호로 지정되어 있는바, 역사적 가치나 시대적 의의가 사뭇 크다는 것을 알 수 있다. 그뿐만 아니라 우리에게 아직도 많은 역사적 교훈을 주고 있다.

독자들에게 『징비록』 일독을 권한다. 이 책을 읽고, 현재 일본이 우리에게 하는 행태를 곱씹어 볼 필요가 있다. 일본 사람들 태반은 교육적으로나 사회 분위기로나 (특히 일본의 대부분의 정치인들) 뭐로나 역사인식이 독일 사람들 하고는 차이를 보이는 것 같다. 이러한 반성할 줄 모르는 일본인들의 역사에 대한 인식과 태도, 자세 등을 보면 화가 나면서 답답하다. 이들도 한번 치욕스런 강점을 당해 봐야 정신을 차릴까? 일본은 정말 가깝고도 먼 나라이다. 원래 섬나라들(영국, 일본 등)은 항상 대륙으로 진출하려고 한다. 뭐라고 할 생각은 별로 없지만, 그것이 강제적이고 침략적이라면 분명히 문제이다. 우리도 첨단 정보화시대·4차 산업혁명의 시대에 하루빨리 경제적·군사적으로, 그리고 문화적으로도 강국이 되어 일본에 휘둘리지 않고 일본을 좌지우지 할 날이 빨리 왔으면 하는 바람이다. 우리 모두 각성·명심하고 분발하자.

※〈참고〉유성룡(柳成龍. 1542~1607) : 본관은 풍산(豊山), 자는 이현(而見), 호는 서애(西厓), 의성 출생. 이조정랑, 경연참찬관, 부제학, 대사헌, 도승지, 대제학, 병조·예조·이조판서, 영의정 등을 지냈으며, 시호는 문충(文忠)이다. 임진왜란 초기 선조의 피난길을 수행했고, 왜군을 물리치는데 공헌하였으며, 이순신이 탄핵받았을 때 다시 천거했다. 전란 중 민심을 달래고 군사력을 강화했으며, 천민들에게도 면천할 수 있는 기회를 주는 다양한 정책을 시행했다. 저서로는 『서애집(西厓集)』·『징비록(懲毖錄)』·『신종록(愼終錄)』·『영모록(永慕錄)』·『관화록(觀化錄)』·『운암잡기(雲巖雜記)』·『난후잡록(亂後雜錄)』·『상례고증(喪禮考證)』·『무오당보(戊午黨譜)』·『침경요의(鍼經要義)』 등이 있다. 『징비록』과 『서애집』은 임진왜란사 연구에 있어 빼놓을 수 없는 귀중한 자료이다.

7. 『난중일기(亂中日記)』(이순신)

　『난중일기(亂中日記)』는 충무공(忠武公) 이순신(李舜臣)이 임진왜란이 일어나던 해인 1592년 1월 1일부터 전사하기 전날인 1598년 11월 17일까지 쓴 일기이다. 『난중일기』는 이순신이 진중에서 직접 기록한 수기(手記)이기 때문에 그의 사직을 연구하거나 임진왜란을 연구하는데 있어서 가장 중요한 자료라 할 수 있다. 『난중일기』는 국보 제 67호로, 그 원본인 친필일기는 현재 아산 현충사(顯忠祠)에 보관되어 있다.

　본래 이 일기에는 어떤 이름이 붙어 있지 않았다. 그러다가 이후 1795년(정조 19) 『이충무공전서(李忠武公全書)』를 편찬하면서 편찬자가 편의상 '난중일기'라는 이름을 붙여 전서 권 5부터 권 8에 걸쳐서 이 일기를 수록한 뒤로, 사람들은 이 이름으로 부르게 되었다. 이순신의 친필 초고와 전서에 수록된 일기를 비교해보면 상당한 차이가 발견되고 있다. 그것은 친필 초고를 정자로 베껴 판각할 때 글의 내용을 많이 생략한 때문인 듯하다. 또, 『이충무공전서』에 수록되어 있는 내용이 현재 남아 있는 친필 초고에는 언제 잃어버렸는지 없어지고 보이지 않는 부분이 상당수 있다. 예컨대 1592년 1월 1일부터 4월 22일까지의 부분, 1595년 1년 동안의 부분, 1598년 10월 8일부터 12일까지의 부분 등이다. 따라서 『난중일기』의 전모를 알기 위해서는 친필 초고를 표준으로 삼고, 초고의 망실로 인해『이충무공전서』에만 수록되어 있는 부분은 그것으로서 보충할 수밖에 없다.

　『난중일기』에는 임진왜란 7년간의 이순신의 진중 생애가 적나라하게 기록되어 있다. 전쟁 7년 동안의 해전(海戰)에서의 세세한 전과(戰果)와 원균(元均)에게서 받은 갈등과 모함 등 많은 고난의 실상들이 그대로 기록되어 있어 이순신의 모습을 엿볼 수 있다.

　『난중일기』의 주요 내용은 엄격한 진중 생활과 국정에 관한 솔직한 감회, 전투 후의 비망록과 수군 통제에 관한 비책, 시취(時趣)의 일상생활 등이 실려 있다. 이밖에 가족·친지·부하 장졸·내외 요인들의 내왕, 부하들에 대한 상벌, 충성과 강개의 기사, 전황의 보고, 장계 및 서간문의 초록 등이 실려 있어, 임진왜란의 연구에 없어서는 안 될 귀중한 자료이다.

　해전사연구가(海戰史研究家)이며 이순신을 연구한 발라드(G. A. Ballard) 제독은 이순신에 대하여 다음과 같이 평하였다. "이순신 제독은 서양 사학자들에게는 잘 알려져 있지 않다. 그러나 이순신의 업적은 이순신으로 하여금 넉넉히 위대한 해군사령관 가운데서도 뛰어난 위치를 차지하게 하였다.…중략…이순신은 한 번도 패배한 일이 없고 전투 중에 전사한 이 위대한 동양의 해군사령관이라는 것은 틀림없는 것이다"라고 평하였다. 그리고 일본의 학자 덕부저일랑(德富猪一郎)은 충무공 이순신의 전사를 평하여, "그는 이기고 죽었으며, 죽고 이겼다. 조선 전쟁의 전후 7년 사이에 조선의 책사(策士), 변사(辯士), 문사(文士)의 류(類)는 많지만, 전쟁에 있어서는 오직 한 사람 이순신만을 자랑하지 않을 수 없을 것이다. 그는 조선 전쟁에 있어서 비단 조선의 영웅일 뿐만 아니라 3국(조선·중국·일본)을 통하여 실로 제1의 영웅이었다."라고 매우 높이 평가하였다. 일본인 학자였지만, 그의 이순신에 대한 객관적 평가와 존경의 글을 보더라도 이순신이 얼마나 뛰어난 장군이었음을 알 수 있을 것이다.

이순신의 『난중일기』는 우리에게 반성과 교훈, 각오를 다짐하게 해준다. 독자들에게 필독(必讀)을 권하면서 병자호란과 6.25전쟁 등이 생각난다. 이 땅에 다시는 전쟁이 일어나서는 안 된다. 전쟁의 참상이야 더 말할 필요가 없다. 80세 이상의 어른들은 이를 목도했으므로 생생하게 기억할 것이다. 우리 모두 이순신 장군의 애국·애민의 충정을 본받아 대한민국을 통일·발전시키는데 앞장서자.

※〈참고〉이순신(李舜臣. 1545~1598) : 본관은 덕수(德水), 자는 여해(汝諧). 서울 삼청동에서 출생. 훈련원참군, 사복시주부, 정읍현감, 진도군수, 전라좌도수군절도사, 삼도수군통제사 등을 지냈으며, 시호는 충무(忠武)이다. 이순신은 임란 때 연전연승하였

고, 옥포대첩, 한산대첩, 명량해전, 노량해전 등은 그가 대승한 중요한 해전이다. 이순신은 지극한 충성심, 숭고한 인격, 위대한 통솔력으로, 임진왜란 중에 가장 뛰어난 무장으로서 큰 공을 세워 위기에 처한 나라를 구하였을 뿐만 아니라, 민족사에 독보적으로 길이 남을 인물이다. 성웅 이순신은 임진왜란 중에 국가의 운명을 홀로 붙들었던 위대한 장군이자 민족적 은인이다. 저서로는 『이충무공전서』등이 있다.

8. 『성호사설(星湖僿說)』(이익)

『성호사설(星湖僿說)』은 이익(李瀷)의 경세치용의 개혁사상을 집대성한 방대한 저술이다. 이익이 40여 년간에 걸쳐 생각이 미친 바를 그때그때 적어 모은 백과사전적인 책으로, 천지·만물·경사·인사·시문의 다섯 부분으로 나누어져 있으며, 유학·시문 등 전통적으로 탐구되던 분야는 물론 역사·지리의 고증을 비롯하여 새로이 도입되기 시작한 서양 학문을 폭넓게 다루고 있어 당시 실학자들의 관심 방향과 성리학에서 근대적 사유로 전이되는 과정을 잘 보여주고 있다.

『성호사설』은 「천지문(天地門)」·「만물문(萬物門)」·「인사문(人事門)」·「경사문(經史門)」·「시문문(詩文門)」의 다섯가지 문(門)으로 나누어져 있고, 총 3,007편의 항목에 관한 글이 실려 있다. 그러나 분류가 엄정하게 되어 있지 못한 것이 흠이다. 그래서 이익 생존 시 제자 안정복이 이에 대한 재분류와 정리를 자청하여 『성호사설유선』을 편찬하였는데, 중복되는 것은 합치고 중요하지 않다고 생각되는 것은 빼버려 총 1,332편의 글을 수록하였다.

「천지문」에는 223항목의 글이 실려 있는데 천문과 지리에 관한 서술로써, 해와 달·별·바람과 비·이슬과 서리·조수·역법과 산맥 및 옛 국가의 강역에 관한 내용들이다.

「만물문」은 생활에 직·간접적으로 관련이 있는 368항목에 대한 서술로써, 복식·음식·농상·가축·화초·화폐와 도량형·병기와 서양기기 등에 관한 것들이 실려 있다.

「인사문」에는 정치와 제도·사회와 경제·학문과 사상·인물과 사건 등을 서술한 900항목의 글이 실려 있다. 예를 들면 비변사를 폐지하고 정무를 의정부로 돌려주어야 한다는 설, 서얼차별제도의 폐지, 과거제도의 문제점과 개선안, 지방통치제도의 개혁안, 토지소유의 제한, 고리대의 근원인 화폐제도의 폐지, 환곡제도의 폐지와 상평창제도의 부활, 노비제도의 개혁안, 불교·도교·귀신사상에 대한 견해, 음악에 대한 논의, 혼인·상·제례에 대한 습속의 비판 등이다.

「경사문」에는 육경사서(六經四書)와 중국과 우리나라 역사서에 잘못 해석된 구체적인 내용과 그에 대한 자신의 견해를 실은 논설, 그리고 역사 사실에 대한 자신의 해석을 붙인 1,048항목의 글이 실려 있다. 특히 역사에서 정치적 사건이 도덕적 평가를 앞세우는 것을 비판하고 당시의 시세 파악이 중요함을 주장하였으며, 신화의 기술은 믿을 수 없다고 하여 역사서술에서 이에 대한 배제를 논하였는바, 이익의 역사학적 방법론과 역사관이 반영되어 있다.

「시문문」에는 시와 문장에 대한 평으로써 378항목의 글이 실려 있다. 여기에서는 중국 문인과 우리나라 역대 문인의 시문에 대한 비평이 실려 있다.

이익의 현실에 대한 관심은 정치·경제·사회·역사·제도·천문 등 미치지 않는 분야가 없었으며, 안정복·정약용·이중환·이가환 등 많은 실학자들이 그의 문하에서 배출되었다. 이익은 사회의 모순과 변화하는 시대상황에 적절하게 대응하지 못하는 성리학의 고루함을 탈피하여 서양의 새로운 지식을 수용하였을 뿐만 아니라, 사물과 당시의 세태 및 학문의 태도에 대하여 개방적인 자세로 임했다.

『성호사설』에서 이익의 이교배척·화폐폐지론·상업 억제책·남녀관은 유학자로서 한계를 나타내고 있는 반면, 사민평등의 인간관·신분관·직업관 등에서는 근대적인 의식으로 한걸음 다가섰음을 보여주고 있다.

세상이 하루가 다르게 빨리 변하고 있다. 이러한 시기에 진부하거나 구태 의연 하면 뒤처질 수 있다. 세상을 변화시키고 바꾸려고 하는 사람들은 대부분 도전정신이 강하다. 변화되는 세상에서 제대로 대처하지 못하면 도태 당할 수밖에 없다. 이것은 모든 측면에서 그렇다. 앞서 가지는 못하더라도 뒤쫓아 가는 정도는 되어야 하지 않을까? 필자가 대학을 다니던 1970년대는 핸드폰·PC도 볼 수 없었다. 그런데 지금은 하루가 멀다 하고 신형들이 나오는 추세이다. 그러다보니 일부 나이 먹은 사람들은 이에 적응하지 못하고 헤매기 일쑤이다. 필자도 그 중에 한 사람이지만. 그래서 코로나로 인해 온라인 강의를 할 때 가끔 버벅대거나 헤맨다. 우리 모두 변화를 두려워하지 말자. 도전정신이 필요한 때이다. 물이 위에서 아래로 흐르듯이 세상은 항상 변한다는 것을 잊지 말자.

※〈참고〉 이익(李瀷. 1681~1763) : 본관은 여주(驪州), 자는 자신(子新), 호는 성호(星湖). 둘째 형 잠이 당쟁에 휘말려 고문 끝에 처형당한 사건으로 큰 충격을 받아, 과거를 완전히 단념했다. 학문으로 이름이 알려져 선공감가감역, 첨지중추부사를 제수하였으나 끝까지 사양하고 초야에 묻혀 독서와 저술에만 몰두했다. 조선 후기의 실학을 집대성한 실학자로, 그의 사상은 정약용을 비롯한 후대 실학자들에게 큰 영향을 주었다. 그는 나라를 점진적으로 개혁하고자, 실학을 통해 현실에서 실제로 시행될 수 있는 제도와 방안을 마련하기에 힘을 기울였다. 저서로는『성호사설』·『곽우록(藿憂錄)』·『성호선생문집』·『이선생예설(李先生禮說)』·『사칠신편(四七新編)』·『상위전후록(喪威前後錄)』·『사서삼경』·『근사록』·『심경』·『이자수어』 등이 있다.

9. 『택리지(擇里志)』(이중환)

이중환(李重煥)이 쓴 『택리지(擇里志)』는 우리나라뿐만 아니라 세계에서 가장 오래된 인문지리서이며, 실학파의 학풍을 배경으로 만들어진 대표적인 지리서이다. 『택리지』는 기존의 『동국여지승람』류의 군·현(郡·縣) 별로 쓰여 진 백과사전식 지리에서 탈피하여 우리나라를 총체적으로, 주제별로 인문 지리적 접근을 시도한 새로운 지리지의 효시이다.

이중환은 이 책의 저술을 위하여 우리나라 전역을 두루 답사하였는데, 이 과정에서 지리와 그 고장에 얽힌 역사적 배경 및 지형과 생활방식, 인심과 풍속, 자원과 유통과정, 문화의 생산지·집산지 등을 파악할 수 있었다. 그가 이 방면에 특히 관심을 가지게 된 동기는 관직에서 물러난 사대부들이 살아갈 수 있는 새로운 삶의 터전을 찾아보자는데 있었다. 그가 가장 좋은 곳을 선정하는 기본 관점은 인심이 좋고, 산천이 좋을 뿐만 아니라 경제적 교류가 좋은 곳이었다.

이중환은 당시의 정치와 경제, 문화 등 각 방면에 주목할 만한 많은 견해를 피력해 놓았다. 그는 사·농·공·상의 계급에 대하여 직업상의 차이에 불과한 것으로 보았으며, 지배계급의 특권을 인정하지 않았다. 그리고 그는 인간의 생산 활동을 중시하였는바, 인간 스스로 생산 활동을 통해 의식을 해결해야 하며,

그러기 위해서는 지리적 환경을 가장 잘 이용해야 한다는 것이 그의 기본적인 지론이요, 사상이었다. 또한 그는 상업적 활동을 중시하였는데, 상업의 발달은 필연적으로 도시의 발전과 교역의 증대를 가져오다고 주장하였다.

『택리지』는 「사민총론(四民總論)」・「팔도총론(八道總論)」・「복거총론(卜居總論)」・「총론(總論)」 등으로 구성되어 있다. 「사민총론」에서는 사・농・공・상의 유래와 특히 사대부의 역할과 사명, 그리고 사대부로서의 행실을 제대로 수행하기 위해서는 생업을 가져야 하며 이를 위해 살만한 곳을 마련할 것을 강조하였다.

「팔도총론」에서는 우리나라 지세의 개요를 다루었다. 이중환은 우리나라 산세와 위치를 중국의 고전『산해경(山海經)』을 인용하여 논하고 있으며, 백두산을 『산해경』의 불함산으로 생각하여 중국의 곤륜산에서 뻗는 산줄기의 연장선상에 있다고 보았다.

이중환은 우리나라는 3면이 바다로 둘러싸여 있고, 산이 많고 들이 적다는 표현으로 한반도 지형의 특색을 강조하였다. 이와 같은 지형의 영향을 받아 국민성이 유하고 조심스러우나 도량이 적다고 표현하였다. 이어 덕행이 있는 어진 사람을 가려 사대부로 쓰는 것이지 직업에 귀천이 어디 따로 있겠는가? 라고 지적하면서, 인간의 평등성을 강조한 선각자였다. 또 우리나라 국토의 길이가 남북 간 거리는 3천리, 동서간 거리는 5백리라고 하여 우리 국토의 길이를 처음으로 측정하여 언급하였다. 그리고 팔도의 위치와 지형, 기후, 자연환경, 역사적 배경 등을 간략하게 다루었으며, 고조선과 삼한, 고구려와 백제·신라의 건국, 고려의 건국과 그 경역에 관해서도 간단하게 논하고 있다.

「복거총론」은 이 책 전체 분량의 거의 절반을 차지할 만큼 높은 비중을 차지하고 있으며, 18세기 한국인이 가지고 있던 주거지 선호의 기준을 자세히 설명하고 있다. 주거를 선정하는 기준으로 지리·생리·인심·산수를 들었고, 그 중 어느 것 하나라도 부적당하면 살 곳이 못된다고 하였다. 지리는 풍수에서 말하는 지리이고, 생리는 생활을 윤택하게 하기 위한 유리한 위치를 말하고 있는데, 비옥한 토지, 어염과 내륙의 곡물과 면화가 교역되는 위치, 해운과 하운의 요지 등을 강조하였다. 그리고 인심에서는 세상 풍속이 아름다운 곳을 말하고 있으나, 사대부는 당색을 더 중요시한다고 하였다. 산수는 사람들을 즐겁게 하고 인심을 순박하게 하는 곳이 중요하다고 믿었다. 그런데 그는 인심은 산세가 험하고 평탄함에 따라 그 성격이 형성된다고 하였다. 특히 각 도 사람의 성격적 단점을 꼬집은 구절도 있는바 자칫 지방색을 불러일으키는 우를 범할 우려도 있다. 그러나 그가 실제로 가서 보고 느낀 객관적 바탕 위에서 『택리지』를 엮었다는 사실을 인식할 필요가 있다.

『택리지』의 특색은 ①과학적인 체계화 ②행정구역을 지표로 한 지역구분 ③각 지역의 지리적 사실과 인간 생활의 종합적인 고찰을 한 과학적 태도 등을 들 수 있다. 이처럼 과학적 입장에서 다룬 이 책은, 오늘날 외국 학자들로부터 높이 평가를 받고 있다. 자연환경과 인간생활과의 관계를 논한 과학적인 태도와 그 체계를 세워 설명한 이러한 종류의 책으로서는 세계에서 처음이다.

『택리지』는 후일 김정호가 『대동여지도』를 만드는데 큰 도움을 주었다고 한다. 『택리지』는 실학사상에 바탕을 두고 과학적인 연구태도를 보인 종합적인 인문지리서로써 높이 평가해야할 것이다.

고금을 막론하고 지리서는 매우 중요하다. 옛날에는 한 나라를 침략할 때 미리 간자(間者)나 세작(細作) 등을 통해 그 나라의 지리를 파악하고 지도 등을 만든 다음 공격하였다. 임진왜란이 그 대표적인 예라 할 수 있다. 1880년대 일본은 우리나라를 강제로 병합·통치하기 위해 일본 본토보다도 먼저 25,000분의 1의 조선 지도를 만들었다고 한다. 그때 우리 선조들은 일본의 음흉스럽고 소름끼치는 작업을 알고 있었는지? 지금은 구글 지도를 대표적으로 들 수 있다. 요즈음의 지도는 옛날과는 비교되지 않을 정도로 정밀하다. 인문지리서에 많은 관심을 가질 필요가 있다.

※〈참고〉이중환(李重煥. 1691~1756) : 본관은 여주(驪州), 자는 휘조(輝祖), 호는 청담(淸潭)·청화산인(靑華山人). 승정원주서, 춘추관사관, 성균관전적, 병조정랑 등을 지냈다. 조선 후기의 실학자이다. 저서로는 『택리지』 등이 있다.

10. 『의산문답(醫山問答)』(홍대용)

홍대용(洪大容)이 쓴 『의산문답(醫山問答)』은 실옹(實翁)과 허자(虛子)의 문답체로 구성되어 있다. 30년 동안 독서를 통하여 당시의 유학적 학문세계를 모두 체득한 조선의 유학자 허자는, 60일간의 북경 방문을 통해 중국 학자들과 사귀면서 실망하게 된다. 낙심하여 귀국길에 오른 허자가 남만주(南滿洲)의 명산 의무려산(醫巫閭山)에서 은거하고 있는 실옹을 만나 학문을 토론한 형식으로 쓰여 진 글이 『의산문답』이다.

내용은 뚜렷한 구분은 없지만, 저자인 홍대용의 자연관 등이 다양하게 나열되어 있다. 인간·금수·초목 세 가지 생명체는 지(知)·각(覺)·혜(慧)가 있고 없음이 서로 달라서일 뿐이지 어느 것이 더 귀하다고는 말할 수 없다 하여 인간 중심주의를 배척했다. 또 땅덩어리는 둥글기 때문에 지구 위의 정계(正界)와 도계(倒界)는 정해진 것이 아니고, 사람들이 서로 자기 사는 곳이 정계라고 생각할 따름이라는 것이다. 뿐만 아니라 우주는 무한한데 이 속에는 지구의 인간과 비슷한 지적 존재도 더 있을 것이라고 하였다. 그렇다면 지구인과 우주인 어느 쪽이 더 귀한 것인지도 알 수가 없다고 했다. 끝부분에서는 만약 공자(孔子)가 중국 밖에서 살았다면 그 곳을 중심으로 『춘추(春秋)』를 썼을 것이라면서 화이(華夷)의 구분은 무의미 하다고 단정했다. 여기서

홍대용의 철저한 상대주의(相對主義)를 읽을 수 있다. 또한 그는 주기론(主氣論)을 바탕으로 오행(五行) 대신 서양의 4원소 설을 거론하였다. 그리고 지구는 하루 한 번씩 자전하여 낮과 밤이 생긴다는 지전설(地轉說)이 처음 동양에서 분명하게 주장된 것도 이 책에서였다.

이밖에도 생명의 기원, 지진, 온천, 조석(潮汐), 기상현상 등에 대해서도 폭넓은 논의가 진행된다. 여기서 허자는 전통적인 조선의 학자를, 실옹은 특히 서양과학을 받아들인 새로운 학자를 대변한 것으로 보인다.

이 책은 전통적 세계관을 고집하는 성리학자 허자와 서구의 실증적 과학을 받아들이는 실학자 실옹의 대화로 전개되고 있다.

홍대용의 『의산문답』은 당시의 과학사·철학사를 연구하는 데 중요한 역할을 하고 있는 책이라 하겠다.

지금은 첨단정보화의 시대요, 4차 산업혁명의 시대이다. 과학이 승패를 좌우하는 시대이기도 하다. 과학의 중요성이야 누구나 알지만, 우리나라는 불행하게도 이 분야에서 노벨상 수상자가 아직 나오지 않았다. 정치인과 교육자, 정부에서는 과학교육의 중요성을 얘기하지만 아직도 요원한 얘기로 보인다. 예전보다 많이 나아지긴 했지만, 구체적이고 장기적인 계획과 준비는 제대로 되어 있지 않은 것 같다. 특히 기초과학에 신경 쓸 필요가 있다. 과학이 발전하지 못한 나라는 후진국이 될 수밖에 없다는 것을 잊지 말자.

※〈참고〉홍대용(洪大容. 1731~1783) : 본관은 남양(南陽), 자는 덕보(德保), 호는 홍지(弘之)・담헌(湛軒). 사헌부 감찰, 영천군수 등을 지냈다. 홍대용은 조선 후기의 실학자 중에서도 특이한 과학사상가였다. 홍대용은 북경 방문을 계기로 접하게 된 서양 선진문물은 그에게 큰 영향을 주었고 서양 과학사상을 바탕으로 독자적인 사상체계를 수립하였다. 또한 그는『주해수용』이라는 수학서를 썼으며, 천문관측기구를 만들어 농수각(籠水閣)이라는 관측소에 보관까지 하였다. 홍대용의 사상 속에는 근대 서양과학과 동양의 전통적 자연관, 근대적 합리주의와 도교의 신비사상, 그리고 지구 중심적 세계관과 우주 무한론 등이 때로는 서로 어울리지 못한 채 뒤섞이는 혼란을 보이기도 한다. 그러나 이러한 한계성에도 불구하고, 조선조의 가장 뛰어난 과학사상가로서 당시의 과학사, 철학사를 연구하는데 중요한 저술을 남기고 있다. 그의 저술로는『담헌서』・『의산문답』등이 있다.

11. 『열하일기(熱河日記)』(박지원)

　　『열하일기(熱河日記)』는 박지원(朴趾源)이 1780년 5월 25일 청나라 고종(高宗)의 70세 되던 축하식에 참석차 떠나는 삼종형 박명원(朴明源)을 따라 북경과 열하를 여행하고 10월 27일 서울에 도착하기까지 약 5개월 동안의 체험을 직은 일기 형식의 견문기와 중국 상인·지식인과의 필담·수필·지지(地誌)·논문 등으로 엮어진 여행기이다. 『열하일기』는 42권으로 되어 있는데, 박지원은 자신이 직접 목도한 사실들을 진실 되게 나타내고자 노력하였으며, 그것을 위하여 취해진 것이 우언(寓言)과 외전(外傳)의 방법이었다. 그러므로 『열하일기』는 단순한 여행기가 아니라, 박지원의 사상과 체험을 혼합하는 형태와 내용을 담고 있다.

　　박지원은 문학이란 자기 시대를 인식하고 반영하는 가운데 현실에 대한 비판과 새로운 가치의 창출을 시도하는 행위라 여겼다. 이러한 문학관은 전통적인 사대부 문학관의 비판적 극복을 의미하는 것이다. 『열하일기』에 보이는 문체상의 새로움과 표현기법의 다양성은 그러한 진보적인 문학관과 밀접하게 연관되어 있다. 그는 또 고문(古文)의 관습화된 양식을 깨뜨리고 새로운 문체를 개발하는데 적극적이었다. 그러므로 『열하일기』에서 이어(俚語)·속언(俗言)과 같은 생활언어가 풍부하게 활용되고 있으며, 패관기서(稗官奇書)에 나오는 구절도 대담하게 채택하고 있다. 또한, 박지원은 우언(寓言)과 기문(奇文)의 형식을 빌려 당대의 현실을 풍자하고 비판하였으며, 사실적(寫實的) 묘사와 재현에도 각별한 노력을 기울였다. 이러한 그의 문체개혁과 표현기법의 확대는 정통 사대부 문학관과는 다른 새로운 문학의 지평을 열어 놓았다.

『열하일기』에서 문체와 기법의 혁신 못지 않게 중요한 것은 연행체험을 통해 확대되고 심화된 박지원의 세계인식이다. 박지원의 탐구와 모색은 주자학적 이념에 안주하지 않고 새로운 문명이 발흥하고 있는 동아시아 현실을 직시하려는 노력이기도 하다. 변혁기에 처한 동아시아의 현실을 바라보는 박지원의 통찰력 있는 관점은 그의 일본에 대한 비교적 정확한 이해와도 연결된다. 그리고 17·18세기 한·중 문예사조의 흐름에서 볼 때, 박지원은 확실히 진보적인 입장에 서 있었음을 알 수 있다.

『열하일기』에는 하나라도 우리와 다른 것이 있으면, 미세한 데까지 관찰하여 우리 것과 비교하고 그것을 이용하여 우리에게 도움이 되게 활용하는 데까지 창의와 응용 안을 펼치고 있다. 이것이 『열하일기』가 실학에 지대한 영향을 차지한 까닭이기도 하다.

『열하일기』는 중국에서 간행될 정도로 관심이 많았다. 이는 당시 중국의 문물에 대해 이만큼 상세하게 그들 손으로 쓴 책이 없기 때문일 것이다.

우리는 여행을 통해 직·간접적으로 많은 것을 보고 느끼고 배운다. 여행을 안 해본 사람하고는 인생을 논하지 말라는 말도 있는 것 같은데, 일리 있는 애기일 수도 있다. 여행(특히 외국여행)을 안 한 사람은 우물 안에 개구리 꼴이 될 수도 있다. 필자가 그러했다. 필자는 고전문학 전공자로서 보수적이고 고지식한 편인데, 그래서 그런지 몰라도 생각이나 사물을 보는 관점에서 외국여행 전과 후가 좀 차이를 보이고 있다. 독자들에게도 지금은 코로나로 여행하기가 쉽지 않지만, 코로나가 진정되면 외국여행(여건이 좀 안 되는 사람은 국내여행)을 권한다. 가보면 안다. 가서 보고 느끼고 배워라.

※〈참고〉박지원(朴趾源. 1737~1805) : 본관은 반남(潘南), 자는 중미(仲美), 호는 연암(燕巖). 서울 반송방 야생에서 출생. 한성부판관, 안의현감, 면천군수, 양양부사 등을 지냈으며, 시호는 문도(文度)이다. 북학(北學)의 대표적 학자로, 연행에서 청의 문물과의 접촉은 그의 사상체계에 큰 영향을 주어 이를 계기로 인륜(人倫) 위주의 사고에서 이용후생(利用厚生) 위주의 사고로 전환하게 되었다. 저서로는『연암집』·『열하일기』와 한문소설 〈허생전〉·〈양반전〉 등이 있다.

12. 『목민심서(牧民心書)』(정약용)

『목민심서(牧民心書)』는 정약용(丁若鏞)의 저술로, 조선 후기 지방의 사회 실태와 민생 문제를 중심으로 지방 관리의 행정에 대한 지침을 담은 책이다. 이 책은 정약용이 전라도 강진에서의 귀양살이 막바지 무렵인 1818년에 완성하였는바, 그가 학문적으로 원숙해 가던 때에 이루어진 대표적인 저술이다. 정약용의 백성에 대한 사랑과, 아버지의 목민관 치적을 통한 견문, 그리고 자신의 지방관과 어사 생활을 비롯하여 유배생활 동안 관청에서 일어나는 실상을 가슴 깊이 새겨 만든 책이 『목민심서』이다.

『목민심서』는 모두 12편으로 되어 있다. 1. 부임(赴任) 2. 율기(律己) 3. 봉공(奉公) 4. 애민(愛民) 5. 이전(吏典) 6. 호전(戶典) 7. 예전(禮典) 8. 병전(兵典) 9. 형전(刑典) 10. 공전(工典) 11. 진황(賑荒) 12. 해관(解官)이다. 각 편은 모두 6조로 되어 있다.

1편「부임」6조는 지방관으로서 부임하는 과정이다. 정약용은 지방관이라는 자리의 위상에 대해 정리하면서 부임하는 각각의 과정에서 취해야 할 태도를 설명하고 있다. 특히 다른 벼슬은 구할 수도 있으나 백성을 다스리는 벼슬은 매우 어렵고 중요하기 때문에 구해서는 안 된다는 점을 강조하고 있다.

2편「율기」는 자기를 가다듬는 일부터 시작하라고 요구하고 있다. 특히 재정을 절약하는 절용(節用)은 수령의 으뜸가는 임무라고 강조하였다. 왜냐하면 수령 노릇을 잘 하려는 자는 반드시 자애로워야 하고, 자애로워지려는 자는 반드시 청렴해야 하고, 청렴하려는 자는 반드시 절약해야 하기 때문이었다. 절용은 수령의 으뜸 되는 임무이며, 관청 재정은 당연히 아껴 쓰되 무조건 절약만 하는 것이 아니라 필요한 경우에는 베푸는 일도 중요함을 경계하고 있다. 그러므로 「율기」는 자신으로부터 시작하여 고을이라는 단위를 꾸려 나가는 자세를 서술하고 있다.

3편 「봉공」은 수령이라는 직책에서 나라와 사회를 위해 일하는 자세를 서술하고 있다. 특히 법을 지키는 것은 왕의 명령을 좇는 것과 같다고 보았는데, 국가의 법뿐만 아니라 고을의 법에 해당되는 읍례에 대해서도 잘 만들고 지켜 나가도록 하였다.

4편 「애민」은 백성에 대한 자세를 서술하고 있다. 노인을 우대하는 방법으로부터 어린아이를 돌보아 양육하는 방법, 궁한 사람(홀아비, 과부, 고아, 늙어 자식 없는 사람)을 구제하는 방법, 상(喪)을 당한 사람을 보살펴 주는 방법, 질병이 있는 사람을 대하는 방법, 재난을 구휼하는 방법 순으로 서술하고 있다.

5편 「이전」은 사람이나 조직, 일반 관제 관규를 서술하고 있다. 아전을 단속하고, 부하를 통솔하고, 사람을 제대로 쓰고, 인재를 제대로 천거하고, 아전 등의 부정과 작폐, 민간의 동태와 실정 등 여러 가지 물정을 살피고, 관리의 집무 실적을 심사하여 등급을 매기는 등 여섯 항목을 다루고 있다.

6편 「호전」은 수취 관계를 서술하고 있다. 토지를 제대로 파악하고, 세금을 제대로 매기고, 환곡의 운영 전반을 다루고, 모든 부세와 요역의 근원인 호적, 각종 잡역과 잡세에 대해 공평히 하는 일, 농사를 권장하는 일 등 6항목으로 되어 있다. 특히 「호전」은 조선 후기 사회경제적 변동과 함께 가장 복잡하고 폐단이 심하여 문제가 많은 분야를 다루고 있기 때문에 정약용도 가장 세밀하고 풍부하게 서술하였다.

7편 「예전」 6조는 지방 관아에서 주관하는 각종 제사, 중앙 관리 등 지방을 찾는 관리들에 대한 접대, 백성들에 대한 교화, 교육과 학문에 대한 진작, 신분과 지위에 대한 구별, 공부를 권하는 일 등을 서술하고 있다.

8편 「병전」 6조는 군적과 군포에 관한 것, 군졸을 조련하는 일, 병기를 닦는 일, 무예를 권장하고, 내란 등에 대응하고, 적의 침입을 막는 일 등을 서술하고 있다.

9편 「형전」 6조는 백성들의 송사를 심리하고, 옥에 갇힌 죄수의 죄를 결단하고, 형벌을 신중하게 다루며, 죄수를 불쌍히 여겨 보호하고, 백성들에게 횡포한 일을 하는 자를 금하고, 도둑·미신·맹수 등의 해를 제거하는 일 등을 서술하고 있다.

10편 「공전」 6조는 산림에 대한 행정, 천택을 통해 수리를 다스리는 일, 관아의 건물을 수선하는 일, 성을 닦고, 도로를 잘 닦고, 공장(工匠)을 시켜 물품을 만드는 일 등을 서술하고 있다.

11편 「진황」 6조는 육전 체제에 들지는 않지만 당시 빈번히 일어났던 흉년에 빈민을 구제하는 방안을 담고 있어서 육전의 연장선으로 볼 수 있다.

12편 「해관」은 임기가 차서 관직을 그만두는 일에 관한 내용이다. 순서에서도 잘 나타나듯이 지방관이 부임하면서부터 물러날 때까지의 행정 직무 일체에 대해 세밀하게 다루고 있으며 내용이 매우 체계적으로 구성되어 있다.

이 책을 통해 정약용은 전정·조세·공납·병역·재판·진휼 등 지방 행정의 과정에서 관료와 향리가 불법과 탐학을 자행하는 실상을 세밀하게 밝혔다. 정약용은 이런 사회를 바로잡기 위해 『목민심서』를 썼으며, 그러므로 이 책의 일관된 사상은 애민, 위민, 나아가 균민이라고 할 수 있다. 그런데 『목민심서』에 드러난 위민은 유교 정치이념에서 겉으로 내세우는 위민이 아니라 실천하는 위민이었다. 수령의 도리 하나하나가 민(民)을 염두에 두고 있다. 정약용이 제시한 지방 행정의 원리나 제도는 관(官)의 입장이 아니라 민의 편에 서서 논한 것이다.

『목민심서』에 담긴 개혁사상은 농민들의 실태와 이에 대한 정당한 처리를 논하고 있기 때문에 매우 중요하다. 정약용은 위민사상을 정립하고자 하였으며, 『목민심서』는 이러한 위민사상을 구체화하는데 중요한 계기가 되었다.

아무리 뛰어난 학자라고 하더라도 자신이 살고 있는 시대의 역사적 모순을 제대로 파악하고 그에 대한 개혁안을 내놓기는 쉬운 일이 아니다. 『목민심서』는 단순히 지방관을 위한 지침서에 그치는 것이 아니었다. 이 속에는 조선 후기사회의 농촌현실을 배경으로 하여 백성들에 대한 사랑을 기반으로 삼아 새로운 사회, 새로운 역사를 만들려는 의지가 담겨져 있다. 『목민심서』는 당시 농촌사회의 현실과 맞물려 지방관을 비롯한 지식인들의 필독서였다.

과거나 현재나 공직자의 역할이 중요하다. 요즈음도 종종 언론을 통해 불미스러운 일로 구속당하는 공직자들을 접할 수 있다. 이들이 뇌물수수나 성추행 등으로 인해 구속당하는 경우를 종종 볼 수 있다. 공직자로서의 책임과 의무, 자세에 문제가 있는 사람들이다. 국회의원이나 지방자치단체장, 공무원들은 국민들의 일꾼이다. 그런데 훌륭한 공직자들도 많지만, 이를 망각하는 사람들이 있으니 걱정이다. 모든 정치인, 공직자, 공무원들에게 『목민심서』를 반드시 읽을 것을 권한다.

※〈참고〉 정약용(丁若鏞. 1762~1836) : 본관은 나주(羅州), 자는 미용(美鏞). 호는 다산(茶山)·사암(俟菴)·여유당(與猶堂)·채산(菜山). 예문관검열, 사헌부지평, 홍문관수찬, 경기암행어사, 사간원사

간, 동부·좌부승지, 곡산부사, 형조참의 등을 지냈다. 특히 한강에 배다리[舟橋]를 준공시키고, 수원성을 설계하는 등 기술적 업적을 남기기도 하였다. 정약용은 청년기에 접했던 서학(西學)으로 인해 장기간 유배생활을 하였다. 그는 이 유배기간 동안 자신의 학문을 더욱 연마해 육경사서(六經四書)에 대한 연구를 비롯해 일표이서(一表二書:『經世遺表』·『牧民心書』·『欽欽新書』) 등 모두 500여 권에 이르는 방대한 저술을 남겼고, 이 저술을 통해서 조선 후기 실학사상을 집대성한 인물로 평가되고 있다. 정약용의 사상은 조선왕조의 기존 질서를 전적으로 부정하는 '혁명론'이었다기보다는 파탄에 이른 당시의 사회를 개량하여 조선왕조의 질서를 새롭게 강화시키려는 의도를 가지고 있었다. 실학사상의 집대성자이며, 조선 후기 사회가 배출한 대표적 개혁사상가로 평가하고 있다. 저서로는『경세유표』·『목민심서』·『여유당전서』 등이 있다.

13. 『매천야록(梅泉野錄)』(황현)

　『매천야록(梅泉野錄)』은 황현(黃玹)이 1864년부터 1910년까지의 역사를 편년체(編年體)로 기술한 구한말의 비사(祕史)이다. 황현이 책을 저술하던 당시는 급격한 변화가 일어나던 격동기였다. 경제적으로는 개항 이후 일본과 서양의 자본주의적 침탈을 받으며 상품경제에 의해 전통적인 수공업체제가 붕괴하였고, 정치적으로는 일본을 비롯한 열강들의 침략적 야욕에 대항하여야 했으며 자주적인 근대화를 이룩해야 하는 과제를 안고 있었다. 또한 임오군란·갑신정변·동학혁명·갑오경장 등 끊임없는 시련을 겪어 나갔다.

　이러한 역사적 상황 속에서 성장한 황현은 시대적 위기를 몸소 겪게 되었고, 역사적 현실에 대한 날카로운 통찰력과 민족의식에 바탕을 두고 『매천야록』 등 그 시대의 증언을 남겼던 것이다. 『매천야록』은 구한말 위정자의 비리와 일제의 만행을 고발하고, 우리 민족의 끈질긴 저항 등 격동기에 일어난 여러 사건들을 수록하고 있다. 당시 지식인의 고민과 좌절을 생생하게 담고 있다.

　『매천야록』은 고종 원년부터 30년까지의 기록은 1책 반에 지나지 않으며 고종 31년부터 융희 4년까지 17년간의 기록이 5책 반이나 되는 많은 양을 차지하여 갑오경장을 전후로 기사 분량의 불균형을 이루고 있다. 체재도 1894년 이전은 수문수록(隨聞隨錄)하여 연대순으로 배열하였으나, 명확한 연월이 표시되어 있지 않을 뿐만 아니라, 사건 내용에 있어서도 연대순이 바뀐 것도 적지 않다. 그러나 그 이후의 기록은 연월일 순으로 비교적 잘 되어 있다. 이는 황현이 『매천야록』을 저술하기 시작한 시기를 나타내고 있는 것이 아닌가 한다. 즉 1894년부터 쓰기 시작하여 매일 겪고 들었던 것을 기록하고, 그 이전의 기록은 기억하고 있었던 것을 간략하게 기술했던 것이 아닌가 짐작된다.

『매천야록』에 수록된 47년간의 기록은 몇몇 사건만을 치중하여 다룬 것이 아니라 국정 전반에 걸쳐서 난정(亂政)을 기록하고 있으며, 우리나라를 둘러싸고 있는 국제관계도 빠짐없이 수록하였다. 고종의 즉위와 흥선대원군의 집권으로 인해 국정을 전횡했던 안동 김씨의 몰락, 대원군 10년 집권 동안 있었던 갖가지 정치적 득실, 민비와 대원군의 알력, 민비와 그 척족의 난정을 둘러싸고 일어난 사건과 외세의 침투, 임오군란과 청나라의 간섭, 김옥균 등 개화파가 주도한 갑신정변의 시말(始末) 등을 기록하고 있다. 이외에도 청·일 양국 간의 각축의 결과로 야기된 청일전쟁의 발발과 경과 및 전후 처리문제를 비롯하여 갑오경장, 을미사변, 아관파천, 러·일전쟁의 발발 등 구한말의 어지러웠던 여러 사건에 얽힌 국제관계도 다루고 있다. 특히 을사보호조약의 체결과 친일파의 매국행위, 의병의 활동과 애국지사들의 의거를 통해 일제의 갖은 만행을 낱낱이 고발하고 있으며,

우리 민족의 끈질긴 저항정신을 함께 담고 있다.

　『매천야록』은 다른 기록에서 찾아보기 힘든 귀중한 사료들이 많이 수록되어 있어 구한말의 역사를 연구하는데 소중한 자료이다. 내용기사 가운데 1910년 8월 22일 합방늑약(合邦勒約)이 체결(?)된 뒤부터 황현이 자결할 때까지 10여건 끝부분은 그의 문인 고용주(高墉柱)가 추기(追記)한 것이다.

　역사는 사실을 밝히고 진실을 규명하는데 있다. 특히 나라가 멸망할 즈음에 쓴 역사에 대한 기록은 매우 중요하다. 자신이 보고 들은 것들을 사실 그대로 기록하는 한편, 이를 객관적으로 냉정하게 평가해야 된다. 실제 있었던 사건이나 일들은 사실 그대로 증언·기록하는 것이 1차적으로 중요하다. 그 다음은 이를 객관적인 시각에서 냉정하고 올바르게 평가해야 한다. 다시는 망국의 아픔과 고통, 설움을 겪어서는 안 된다. 우리는 『매천야록』을 통해 지난날의 일본의 강제 병합의 국치를 잊지 말자.

※〈참고〉 황현(黃玹. 1855~1910) : 본관은 장수(長水), 자는 운경(雲卿), 호는 매천(梅泉). 전라남도 광양 출신. 1910년 한일합병조약 체결 소식을 듣자 통분해 〈절명시(絕命詩)〉를 남기고 자결했다. 저서로는 『매천집』·『매천시집』·『매천야록』·『오하기문』·『동비기략』 등이 있다.

14. 『동의수세보원(東醫壽世保元)』(이제마)

　　『동의수세보원(東醫壽世保元)』은 이제마(李濟馬)의 대표적인 의학서이다.(4권 2책. 목활자본) 책명에서 '동의'는 중국의 의가(醫家)와 구별하기 위한 것이며, '수세'는 온 세상 인류의 수명을 연장시킴을 뜻하는 것이다. '보원'은 만수(萬殊 : 세상 모든 것은 여러 가지로 다름) 일원(一元)의 도(道)를 보전함을 뜻한다.

　　『동의수세보원』은 '사상의학(四象醫學)'을 처음으로 발표한 원전이다. 사상을 가지고 사람의 체질을 분석해서 다스려야 한다는 것이 '사상의학'이다. 이 의학에서 말하는 사상설(四象說)은 의학적이라기보다는 철학적인 역리(易理)에 근거를 두었다고 해도 틀린 말이 아니다. 사상(四象)이라는 말은 『주역(周易)』에서 따온 것이다.

　　역(易)에 나타나는 음양(陰陽)에 있어서의 네 종류의 형태가 바로 사상이다. 이것은 금·목·수·화, 또는 음·양·강·유(陰·陽·剛·柔), 나아가서 태양·소양·태음·소음의 표현으로 발전한다. 또 『주자어록(朱子語錄)』에는 '사상은 노양(老陽)·소양(少陽)·노음(老陰)·소음(少陰)이라'고 했다.

　　이 '사상의학'은 실로 인체의 조직과 생리적인 구조에 원리를 두고 성립되었다. 그러면 그 핵심이라 할 수 있는 사람의 체질을 이제마는 넷으로 나누었다. 바로 태양인(太陽人), 소양인(少陽

人), 태음인(太陰人), 소음인(少陰人)이다. 이러한 체질의 사람들은 용모도 다르고, 좋아하는 음식도 각기 다르다고 하였다.

『동의수세보원』은 체질의학의 바이블이며, 병을 다스리는 데 목적이 있을 뿐만 아니라, 인간 각자가 그 체질을 알기만 한다면 예방의학에도 쓰일 수 있는 유일한 의서라 할 수 있다. 그러므로 이제마가 『동의수세보원』에서 체계적으로 언급한 '사상의학'은, 동양의학 4천 년사에서 독자적으로 발전・성공시켰는 바 획기적인 공헌을 한 것으로 평가할 수 있다.

요즈음 코로나로 고생하는 의사・간호사들에게 감사와 경의를 표한다. 이들이 없었다면 우리나라는 어떻게 되었을까? 더이상 얘기하지 않아도 잘 알 것이다. 헌데 한때 의사・간호사협회에서 총파업을 하니 마니 해서 시끄러웠다. 이유가 있어서 그렇겠지만, 중차대한 시기에 이런 얘기가 나오는 것은 좀 그렇다. 현재 코로나 백신을 개발하기 위해 임상 중이라고 하는데 성공하기를 기대해 본다. 아울러 치료제도 빨리 개발했으면 한다. 백신과 치료제가 없다 보니 외국(특히 미국)에 구걸하는 격이라 자존심이 상한다. 우리나라는 훌륭한 의사들도 많지만, 이제마처럼 집념과 열정, 사명감 있고 책임질 줄 아는 의사들도 많았으면 한다. 코로나 방역과 치료에 애쓰는 의사・간호사 여러분! 파이팅!

※〈참고〉이제마(李濟馬. 1837~1900) : 본관은 전주(全州), 자는 무평(懋平)·자명(子明), 호는 동무(東武). 이름이 제마(濟馬)로 알려졌지만, 전주이씨 안원대군파『선원속보(璿原續譜)』에는 그의 이름이 섭운(燮雲), 섭진(燮晉)으로 되어 있다. 서자출신으로, 진해현감을 지냈고, 고원군수로 임명되었으나 부임하지 않았다. 조선 후기의 의학자로 사상의학을 창시한 인물이다. 서서로는 『동의수세보원』·『격치고(格致藁)』·『천유초(闡幽抄)』·『제중신편(濟衆新編)』·『광제설(廣濟說)』등이 있다.

15. 『규합총서(閨閤叢書)』(빙허각 이씨)

　『규합총서(閨閤叢書)』는 빙허각(憑虛閣) 이씨(李氏)가 쓴 책으로, 가정백과전서(家庭百科全書)라 할 수 있다. 그런데 이 책이 세상에 널리 알려지기 시작한 것은 1939년 1월 31일자 동아일보에 소개되면서부터이다. 그리고 1974년 위당(爲堂) 정인보 딸인 정양완이 완역함으로써 그 전문이 세상에 나오게 되었다.

　그 책의 내용을 살펴보면, 맨 앞에 서문이 있고, 권지 1에는 '주식의(酒食議)'라 하여, 각종 술 빚는 법·장 담그는 법·초(醋) 빚는 법·차(茶의) 종류·반찬 만들기·떡과 과일의 종류 등에 대하여 자세히 서술되어 있다. 여기서 두 가지 예를 들어 보면, 먼저 술의 종류를 열거한 가운데 '고금주의(古金酒議)'라는 제목 아래 당시 외국에서 유행하는 술 이름까지도 열 종류나 수록하고 있다. 특히 국내에서 양조되는 술의 종류로는 '약주제품(藥酒諸品)'이란 제목 아래 구기주(枸杞酒)·오가피주(五加皮酒)·도화주(桃花酒)·연엽주(蓮葉酒)·두견주(杜鵑酒)·소국주(素麴酒)·과하주(過夏酒)·백화주(百花酒) 등 스무 종의 술 이름이 나와 있으며, 겸해서 그 양조법까지도 자세히 설명하고 있다. 다음으로 병과제품(餠果諸品)에서는 백설고(白雪糕)·유자단자(柚子團子)·원소병(元宵餠)·석탄병(惜呑餠)·혼돈병(渾沌餠)·잡과병(雜果餠)·증병(蒸餠)·석이병(石耳餠)·백설기 등 수많은 떡 종류들이 소개되고 있다.

권지 2에는 '봉임측(縫紝則)'이라 하여 그 부록으로는 열녀록(烈女錄)이 있다. '봉임측'에서는 옷을 만드는데 길하고 흉한 날에서부터 시작하여 도포·조복(朝服)·복건(幞巾)·심의(深衣)·관대(冠帶)·족두리·원삼(圓衫)·당의(唐衣)·깨끼적삼·초혜(草鞋)·타래주머니·두루주머니·수저집 등 여러 가지 다양한 옷과 바느질감에 대한 설명이 상세히 열거되어 있다. 그리고 부록으로 넣은 '열녀록'에는 역대의 성후(聖后)·현비(賢妃)·효녀·효부(孝婦)·열녀·절부(節婦)·충의(忠義)·재예(才藝)·여품(女品)·검협(劍俠)·여선(女仙)·마녀·승니(僧尼) 등 다양한 여인상을 언급하고 있다.

권지 3에는 '청낭결(靑囊訣)'이라 하여 여러 가지 병을 치료하는 법·짐승이나 벌레에게 물린 곳을 치료하는 법·우리나라 팔도의 소산품·잡저 등이 실려 있다. 먼저 '청낭결'에서는 태교·음식 금기·약물 금기·태동경험방(胎動經驗方)으로부터 시작하여 연생제일방(延生第一方)·오미약성·복약식기와 구급방으로는 국수독·두부독·돼지고기독·쇠고기독·쇠간독·말고기독·개고기독·양고기독·새와 짐승 고기독·모든 날짐승 고기독·생선독·복생선독·게독·푸성귀독·버섯독·채독(菜毒)·복숭아독 등이 실려 있다. 다음으로 화상(火傷)·열유상(熱油傷)·검도상(劍刀傷), 치제교방(治諸咬方)으로 말에게 물린 곳·개에게 물린 곳·돼지에게 물린 곳·벌에게 쏘인 곳·모든 독종에게 무린 곳·벌레가 귀에 들어갔을 때·생선뼈가 목에 걸렸을 때·나무가시가 목에 걸렸을 때·띠 글이나 모래가 눈에 들어갔을 때·칼이나 도끼에 다친 곳에 등 경험정유(經驗疗愈)의 처방이 있다. 또 신선형화단(神仙螢火丹)의 방문(方文)과 학질(瘧疾)·이질(痢疾)·난산(難産)·실음(失音)·옹종(癰腫)·황달(黃疸) 등을 고치는 방법이 있으며, 치심병설(治心病說)과 물류상감초총론(物類相減抄總論)·감응경(感應經)·금수상감(禽獸相感)·화생류(化生類) 등이 실려 있다.

잡저(雜著)로는 은신방(隱身方)·지물무은방(指物無隱方)·득력법(得力法)·불수방(不睡方)·기우방(祈雨方)·향신방(香身方)·흑발장윤법(黑髮長潤法)·면지법(面脂法)·벽한방(辟寒方)·발몽기(發蒙記)·벽충방(辟虫方)·벽서법(辟鼠法)·벽승법(辟蠅法)·벽주간제충법(辟廚間諸虫法) 등이 있다. 끝으로 동국팔도소산(東國八道所産)이라 하여 전국 각 지방의 소산물이 실려 있다.

『규합총서』는 내용을 자세하고 분명하게 서술하였을 뿐 아니라, 인용한 책 이름을 각 사항에 작은 글씨로 표기하였다. 그리고 빙허각 이씨가 자신의 의견을 부가하며 신증이라 하여, 각 항목 끝에는 자신이 직접 실행해본 결과 등을 작은 글씨로 밝혀 놓았다. 그래서 사람들이 읽어보고 실행할 수 있게 하였다.

『규합총서』는 우리의 생활에 직접적으로 관계가 있으며, 당시 가정에서 부녀자들이 알아야 하고 행해야 할 일들이 상세하고 풍부하게 수록되어 있다. 그러므로 『규합총서』는 당시 우리 선인(先人)들의 생활규모·정도·수준·다양성 등을 충분히 엿볼 수 있는 자료인 동시에 우리 선대(先代)의 생활문화를 연구하는 데도 큰 도움이 되는 책이라 하겠다.

몇 년 전부터 TV에 음식과 관련된 프로그램들이 많이 등장하고 있는데 시청자의 호응도 괜찮은 것 같다. 먹는 것 중요하다. 특히 요즈음은 건강과 관련을 시키는 건강식 때문에 사람들이 관심을 많이 갖는 것 같다. 필자가 초등학교·중학교를 다니던 60년대만 해도 보릿고개 시절이라 서민들은 건강음식 같은 것을 생각조차 못했다. 지금은 삶의 질이나 국민들의 의식수준이 높아서 그런지 건강식들을 선호하는데, 그 중에 어떤 음식들은 60년대 시절의 흔히 먹었던 음식도 있다. 술도 요즈음 젊은 사람들은 나이 먹은 사람들보다 자제하는 것 같고, 음주문화도 예전과 다르다. 좋은 현상이다. 빙허각 이씨가 쓴 『규합총서』를 보면, 그녀의 대단한 식견과 내공을 엿볼 수 있다. 한 사람이 이런 책을 쓴다는 것은 지금도 쉽지 않다. 음식, 차, 술, 복식, 한방 약 등에 관한 내용들이 있어, 이 방면 종사자들에게 일독을 권한다.

※〈참고〉 빙허각 이씨(憑虛閣 李氏. 1759~1824) : 본관은 전주(全州), 여성 실학자. 남편은 동몽교관을 지낸 좌소산인(左蘇山人) 서유본(徐有本)이다. 한문과 시에 능했다. 『임원십륙지(林園十六志)』를 엮은 서유구(徐有榘)는 서유본의 아우로 어려서 형수 빙허각 이씨에게 글을 배웠다고 전한다. 『규합총서』의 제목은 남편 서유본이 직접 붙인 것이다. 부부 금슬이 좋았으며, 남편이 죽자〈절명사(絶命詞)〉를 짓고 모든 인사(人事)를 끊은 다음, 머리를 빗지 않고, 얼굴을 씻지 않고 자리에 누워 지낸 지 19개월 만에 남편의 뒤를 따랐다. 저술로는 『규합총서』·『청규박물지』·『빙허각고략』 등이 있다.

저자 송재용(宋宰鏞)

대전 출생
단국대학교 문리과대학 국어국문학과 및 동 대학원 졸업(문학박사)
동아시아고대학회 회장, 단국대학교 교수협의회 회장, 단국대학교 동아시아
전통문화연구소 소장, 단국대학교 교양교육대학 학장 역임
현재 단국내학교 사유교양대학 교수

주요 저서 : 『한국 의례의 연구』(2007년 문화관광부 우수학술도서), 『미암일기
연구』(2008년 문화체육관광부 우수학술도서), 『개화기에서 일제강점기까지
한국 민속 연구』(2017년), 『삼국유사의 문학적 탐구』(공저, 2009년 문화체육관
광부 우수학술도서), 『한국 민속 문화의 근대적 변용』(공저, 2010년 학술원
우수학술도서), 『일생의례로 보는 근대 한국인의 삶』(공저, 2014년 세종우수학
술도서), 『구한말 최초의 순국열사 이한응』(2007년), 『조선의 설화와 전설』(공
역, 2007), 『조선시대 선비이야기 - 미암일기를 통해 과거와 현재를 보다』(2008
년) 등 단독 저서 12권, 공저 다수
주요 논문 : 「한국 일기문학론 시고」, 「한중일 의례에 나타난 공통성과 다양성」,
「여류문인 송덕봉의 생애와 문학」, 「한시 분류와 해석을 위한 시각의 재정립」
등 80여 편

옛사람들의 처신과
글을 통해 배우는
삶의 지혜와 교훈

초판인쇄 2022년 05월 06일 ｜ 초판발행 2022년 05월 16일

지은이　송재용
발행인　윤석현 ｜ 발행처　도서출판 박문사 ｜ 등록번호　제2009-11호
우편주소　(01370) 서울시 도봉구 우이천로 353
대표전화　(02) 992-3253 ｜ 전송 (02) 991-1285
전자우편　jncbook@daum.net
책임편집　김민경, 윤여남

ISBN 979-11-92365-04-6　(03800)
정가 13,000원